우리는 산골교사로 살기로했다

우리는 산골교사로 살기로했다

펴낸날 2023년 8월 25일

지은이 김만호, 김영호, 박병오, 이영주, 정용문, 나승인
펴낸이 주계수 | **편집책임** 이슬기 | **꾸민이** 최송아

펴낸곳 밥북 | **출판등록** 제 2014-000085 호
주소 서울시 마포구 양화로7길 47 상훈빌딩 2층
전화 02-6925-0370 | **팩스** 02-6925-0380
홈페이지 www.bobbook.co.kr | **이메일** bobbook@hanmail.net

© 김만호, 김영호, 박병오, 이영주, 정용문, 나승인, 2023.
ISBN 979-11-5858-953-0 (03810)

＊ 본 도서의 수익금은 전액 무주군교육발전장학재단에 기부합니다.

우리는 산골교사로 살기로 했다

김만호
김영호
박병오
이영주
정용문
그리고
나승인

밥북
B·B·O·K

지역 소멸의 시대, 산골교사로 산다는 것

어떤 이는 사람이 주는 순박함이 좋아서, 어떤 이는 첫 등굣길에 보았던 아침햇살에 반해서, 또 어떤 이는 가정방문 때 마을 촌로가 건넨 막걸리 한 잔의 정취에 취해서, 그리고 누군가는 거창한 이유보다는 그저 어찌어찌하다 보니…. 저마다의 사연으로 이곳에 발을 들였고, 우리는 그렇게 산골교사로 살기로 했다.

그러나 우리가 선택한 농산촌 지역은 나날이 왜소해지고 생기를 잃어가고 있다. 1960년대 우리나라 총인구의 72%나 차지하던 농촌 인구는 40년이 지난 2000년에 20.3%에 머무른다. 무주군의 경우도 다른 농촌 지역과 별반 다르지 않다. 한국학중앙연구원의 발표에 따르면, 무주군의 인구는 1967년 7만 6,197명을 정점으로 감소하기 시작하여, 2000년에는 2만 9,254명으로 30여 년 동안 60% 이상의 인구 감소율을 보여 주고 있다. 이러한 꾸준한 감소로 2023년 6월 현재 2만 3,389명에 그치고 있다.

이러한 지역 소멸의 시대에 자꾸만 쪼그라드는 산골 지역에서 교사로 살아간다는 것이 그리 낭만적인 일만은 아니다. 도시 지역과는 달리 산골 지역에서 교육이란 말은 모든 이들의 꿈이요, 최후의 보루 같은 의미를 지니고 있기 때문이다. 지금이야

대부분의 지역 아이들이 관내 학교에 진학하지만, 불과 몇 년 전만 해도 중고등학교에 진학할 때가 되면 인근의 도시 지역으로 이주하는 현상이 매년 반복되었다. 그러던 어느 날 이러한 현실을 안타까워하던 몇몇 산골 선생들이 의기투합하여 무엇이라도 시도해 보자며 꿈틀거리기 시작했다. 그 첫걸음으로 출범한 것이 바로 '무주교육사랑모임'이었다. 무주에 거주하며 지역 교육에 대해 고민하던 아홉 명의 중등교원들이 농산촌 교육의 대안을 만들어 보자며 뭉친 친목 모임이 그 출발점이다. 그러나 현재는 회원이 속해 있는 학교의 선후배, 동료 교사들까지 확대하여 '무주중등교육연구회'라는 조금은 더 체계적인 조직으로 발전하는 데까지 이르렀다.

'무주중등교육연구회'는 일차적인 목표였던 학교 교육의 내실화에 머무르지 않고 지역과 함께하는 교육의 필요성을 절감하고 '무주마을교육공동체' 조직에 적극적으로 참여하였다. 학교 교육과정에 '마을 교육과정'을 도입하고 마을 교과서를 제작하였으며 우수한 마을 교사들을 확보하여 교과수업, 창의적 체험활동 등의 정규 교육과정은 물론, 방과후학교 프로그램 등 학교의 다양한 교육과정 운영에 이들과 함께하고 있다.

또한 지역 공동체를 하나로 묶고, 지역의 진정한 목소리를 반영할 수 있는 지역 언론의 필요성에 공감하여 '무주신문' 창간에 주도적인 역할을 담당하였다. 특히 무주신문의 '행복한 교육' 지면을 활용한 정기적인 교육 칼럼 기고를 통해 지역주민과 학부모의 교육에 대한 이해도를 넓히고 궁극적으로 학교 교육에 대한 지지를 이끌어 내는 데 많은 노력을 기울였다.

그렇게 수년의 시간이 흐르고 재능 기부로 신문에 기고했던 교육이야기들이 제법 분량이 쌓였을 때, 그동안의 글들을 모아 책으로 엮어보는 게 어떠냐는 의견이 조심스럽게 흘러나왔다. 처음엔 부족하기 그지없는 글을 지역 밖의 세상에 공개한다는 것에 대해 두려움과 부끄러움 때문에 출간을 망설였지만, 우리와 비슷한 고민을 하는 다른 지역의 주민이나 교사들에게 우리의 어설픈 이야기도 어쩌면 자그마한 참고가 될 수도 있지 않을까 하는 조금은 얼토당토않은 생각을 하게 되었다. 그렇게 우리들의 이야기가 이 산골 지역의 개울을 건너고 골짜기를 넘어 세상 밖으로 수줍게 얼굴을 내밀게 된 것이다. 참으로 멋쩍고 부끄러운 생각이야 이루 말로 다 표현할 수 없다. 그러나 우리의 작은 실천이 어느 한 사람에게라도 미약하나마 도움이 될 수 있다면 더 바랄 나위 없겠다.

우리는 산골교사로 살기로했다

이 책의 출간에 즈음하여 오랜 기간 변치 않고 서로를 격려하며 지역 교육에 헌신해온 '무주교육사랑모임' 아홉 명의 회원들과 지역 교육에 기꺼이 동참해 준 동료 교사들에게 고마운 마음을 전한다. 또한 설익고 거칠기 짝이 없는 졸고를 흔쾌히 세상의 빛을 보게 해주신 도서출판 밥북의 주계수 사장님, 이슬기 차장님, 최송아 편집자님께도 진심으로 감사의 말씀을 드린다. 끝으로 무엇보다 우리가 마음 편히 산골교사로 살아갈 수 있도록 응원과 지지를 아끼지 않는 가족들에게 온 마음을 담아 사랑과 감사의 마음을 전한다.

2023년 8월 어느 무더운 날
오래도록 산골교사로 살기로 한 사람들 쓰다

1 교단 일기

들어가며 - 지역 소멸의 시대, 산골교사로 산다는 것　**4**

김 만 호

대화의 시작 수다　**12**

청소년의 욕설 문화　**16**

다르게 생각해보기　**20**

약점 보완이 아닌 강점 강화에 집중하자　**24**

금쪽같은 내 새끼　**28**

김 영 호

32　'아이들의 천국'을 꿈꾸며

36　진로 선택으로 고민하는 채령이에게

40　별 헤는 밤

46　그냥 둔다

50　너, 이름이 뭐니?

54　육하원칙의 세계

박 병 오

우리 아이들에게 '행복'을 가르치자　**58**

고맙습니다. 잘 부탁합니다.　**62**

소통은 신뢰를 쌓는다　**66**

신규 시절의 교단 일기를 펼쳐보며　**70**

이 영 주

74　목련 꽃잎은 떨어지고 철쭉은 피어 가는데

78　진우, 보아라

82　A군 이야기

86　참 스승이신 고(故) 이순일 선생님께 올립니다

90　우리 아이들이 봄꽃임을

정 용 문

칭찬의 힘　**94**

'사회적 거리 두기'를 생각하면서　**98**

"제 꿈 좀 찾아주세요"　**102**

다시 만난 중학교 아이들　**106**

나를 깨우치는 제자들　**110**

그리고 **나승인** - <겨울나무> 외

2 교육 칼럼

김만호

122 EBS 교육방송 시청이 답인가?
126 부끄럽지만 잊지 말아야 할 역사
130 세월호 8주기와 아동 안전
134 소년법 개정 논쟁
138 반려동물에 대한 교육적 접근

김영호

얼굴 빨개지는 아이 142
'히트 앤드 런 방지법'에 관한 단상(斷想) 146
학교 내 집단따돌림 문제와 어른들의 역할 150
상냥한 폭력의 시대 154

박병오

158 '고상한' 민족주의자들에게 고함
162 오늘의 고3 교실을 고발한다
166 '다양한 줄 세우기'는 계속돼야 한다
170 학교 안의 폭력, 돌아보기
174 전교조, 법외 노조 무엇이 문제인가?
178 소규모 학교 통폐합, 전향적인 검토가 필요해

이영주

『공부의 미래』를 읽고 무주의 '미네르바스쿨'을 그려본다 182
3년 동안의 독서동아리 활동을 마치며 186
고등학교는 대입과 수능의 시녀인가? 190
단언컨대, 수능을 없애야 한다 194
한 번 곰곰이 생각해보자 198

정용문

202 학생부종합전형, 과연 금수저 전형인가?
206 경쟁교육, 언제쯤 멈출 수 있을까?
210 '로또' 수능, 이제 바꿔야 한다
214 교육, 방향과 목표가 중요하다
218 야학으로 본 우리 교육

그리고 **나승인** - <햇살한줌> 외

1부

교단
일기

겨울나수

찬바람 속에서도 의연한 것은
봄이 올 것을 믿기때문입니다

구름산방에서

대화의 시작 수다

적상중학교 교장 김만호

아침 출근하면 마주하는 일상의 풍경이 있다. 교무실 옆 조그만 휴게실에 출근하는 직원들이 모여 커피 한잔하며 가벼운 대화(수다)로 하루를 시작한다. 전날 나오는 9시 뉴스 같은 심각한 내용보다는 그냥 생각나는 대로 주고받는 일상의 대화다.

시비할 내용이 별로 없다. 내용이 중요한 게 아니라 그냥 존재로서 대화할 뿐이고 사람을 받아들이는 대화이므로 즐겁고 행복해 보인다. 하루의 출발이 행복하다.

그리고 공문 결재를 마치고 2교시를 마친 쉬는 시간이나 점심시간에 마주하는 학생들을 보면, 너무 밝고 꾸밈이 없다. 손을 다정하게 잡고 속삭이듯 연신 웃으며 걷는 여학생들, 복도에서 긴장감이 들 정도로 술래잡기하며 땀을 흘리고 소리치는 아이들…. 그들에게는 대학생들에게 보이는 미래에 대한 막연한 불안감 같은 것은 존재하지 않기에, 마냥 행복해 보인다. 젊은 선생님들하고는 친구처럼 대화가 통한다.

생각해보면 나 같은 구세대(학생들에 비해)들은 소통에 관한 공통된 특징이 있다. 6남매 중 장남인 나는 웃을 일이 많지도 않았지만, 입은 무거워야 하는 줄 알고 성장했다. 그러다 보니 감정표현이 무척 서툴고 무딘 편이다. 학생들과는 나름 소통하려 했으나, 필요하다고 생각하는 정도만 했던 것 같다. 그러니 제자들이나 자녀들은 엄부(嚴父)의 인상만 남았을 것 같다. 가장 후회스러운 대목이다. 친구들도 보면 자녀들과의 대화가 어렵다고 한다. 신인류가 탄생했다나? 자녀들과 행복한 대화가 어렵기만 한 것인가? 하지만 청소년 자녀와도 행복한 대화가 가능하다. 자녀가 말 걸어올 때 진심으로 들어주는 것이다. 자녀의 말을 끊지 말고, 말머리 돌리지 말고 이야기를 들어주는 것. 긴 이야기든 짧은 이야기든 아이가 말하고 싶을 때, 그때가 부모와 자녀가 대화할 적기다. 그런데 더 적기가 있다. 바로 평소다. 평소에 별말 아닌 말을 주고받는 것이다. 그걸 나는 '수다'라 부른다. 수다를 떨어야 한다고도 표현한다. 수다라는 말이 진지하지 못하다는, 괜한 말로 시간 죽이는 것처럼 의미 없는 말로 해석되던 때도 있었다. '구글'의 아이디어는 티타임이나 수다 시간에 나온다는 이야기를 들은 적 있다. 차를 마시며 격의 없이 이런저런 이야기를 나누다 보면 기가 막힌 아이디어가 나오기도 하지 않을까?

창의력을 펼치려면 상상력이라는 날개가 필요하다. 상상력은 유연함이 전제된다. 딱딱한 테이블을 놓고 정식으로 나누는 대화는 사고의 유연함을 펼치기에는 격식이 앞선다. 아이디어를 모으는 브레인스토밍(brainstorming)은 상대 말이 옳고 그름을 재단하지 않고, 끊지 않는 것이 기본이다. 어떤 말도 가치가 있다는 마음과 상대에 대한 존중이 바탕이다. 유대인의 지혜는 하브루타 시간에 공유된다. 짝을 이루어 서로 질문을 주고받으면서 공부한 것에 대해 논쟁하는 이 시간은 시끌벅적하다. 자기 말을 쏟아내느라 왁자지껄한 것이 마치 목소리 큰 수다를 듣는 듯하다.

수다의 사전적 의미를 보니 '쓸데없이 말수가 많음'이다. 머잖아 '수다'의 사전적 정의가 달라지지 않을까도 싶다. 쓸 데 있는 말, 쓸데없는 말의 기준이 달라졌다. 시대에 따라 달라지는 가치가 있다. 말수가 그렇다. 부모와 자녀의 대화도 일방적 소통에서 양방향으로 바뀐 지금, 말수는 부모-자녀 관계를 좌우한다. 엄부자모(嚴父慈母)의 시대를 지나, 요즘 젊은이들은 친구 같은 아빠를 뜻하는 '프렌디(frienddy)'를 아빠의 이상형으로 꼽는다. 프렌디는 마치 친구처럼 아이와 평소에 많은 말을 나눈다. 말을 나눈다는 건 마음을 나누는 것이라는 사실을 이 시대 부모는 알고 있는 것이다.

모처럼 제안하는 "대화 좀 하자"라는 말은 무겁다. 무거운 자리는 피하고 싶다. 피하고 싶은 자리에서 속마음을 보이기는 어렵다. 평소에 조금은 시시껄렁한 이야기를 나눠야 가볍게 나풀거리며 서로에게 닿는다. 그래야 이야기 소재도 많아져서 할 말이 더 많아진다. 그러고 보니 수다의 사전적 의미인 '말수가 많음'이 이해된다. '쓸데없이'라는 말을 뺀다면 말이다.

출근하면서 만나는 동료들에게 건성으로 인사하고, 하루 종일 옆자리 동료와 말

한마디 섞지 않고 투명 인간처럼 하루를 살아가는 사람들이 있다. 이들은 수다를 떨 줄 모를 뿐만 아니라, 수다를 떠는 건 시간 낭비라고 생각한다. 직장에선 시비를 가려야 하고, 잘난 모습을 보여야 하는 것으로 생각한다. 상대방의 말에 공감하고 인정하고 존중하는 것을, 경쟁에서 뒤처지는 무능력한 행위로 간주한다.

그들은 근엄한 표정으로 무장하고, 시비를 가리고, 잘 난 체를 해야 하므로 항상 피곤하다. 그래서 술자리를 자주 갖는다. 술자리에선, 시비를 가릴 필요도 없고, 잘 난 모습을 보여야 할 이유도 없다. 그냥 말하고, 그냥 듣는다. 그리고 박장대소한다. 그들은 술자리를 통해 비로소 피로를 푼다. 그들이 술자리에서 나누는 이 대화가 바로 '수다'다. 수다는 결코 하찮은 게 아니다. 수다는 일상의 행복이다.

아직도 학교 교무실이나 행정실은 유신 시대의 근면 성실 분위기가 지배한다. 어떤 곳을 방문해 보면 수도원 분위기가 느껴지기도 한다. 사람이 다가가도 컴퓨터 화면에서 눈길이 고정되어 피곤해 보이고 손님에게 따뜻한 눈인사를 나눌 여유도 없다. 굳이 오프라 윈프리를 들먹이지 않아도 수다가 통하는 시대다. 이야기가 많으면 굳이 '대놓고 화낼 것'이 뻔한 "대화 좀 하자" 같은 말은 필요가 없다. 수다의 힘은 대화보다 세다. (2019.01.)

청소년의 욕설 문화

적상중학교 교장 김만호

지난 추석 다음 날, 교회에서 일 처리를 하느라 읍내 식당에서 점심을 해결하게 되었다. 처음 먹어 보는 메뉴를 신청하고 지인들과 즐거운 대화를 이어가고 있는데, 옆 테이블에 얼굴이 곱게 생긴 대학생쯤으로 보이는 여자 3명, 남자 1명이 앉는다. 그런데 귀가 간지럽다 못해 불쾌한 마음이 들기 시작한 것은 옆 테이블에서 들려오는 욕설 때문이었다. 주로 여자 2명이 대화를 주도했는데 대략 씨X, 존XX, 미친X. 이런 말들이었다. 조금 지나 욕을 듣지 않기를 바랐지만, 음식이 나오고 식사를 마칠 때까지 욕은 계속되었고 나 또한 불편한 마음이 사라지지 않았다. 길을 걷다 보면 들려오는 심한 욕설에 흠칫 놀라는 경우가 있다. 돌아보면 어린 친구들이 큰 목소리로 욕을 하고 있다. 욕이란 것이 사실 남녀노소 구분 없이 전부 쓰는 현실이긴 하지만.

　지난 4일 여성가족부에서 공개한 청소년 언어 사용 실태 및 건전화 방안의 보고서에 따르면 전국 8,712명을 대상으로 조사해본 결과, 전체의 5.4%만이 욕을 전혀 안 할 뿐 나머지는 어느 정도 욕설을 입에 담는 것으로 밝혀졌다. 청소년의 73.4%가 매일 유행어나 은어를 포함한 욕설을 사용하는 것으로 조사되었다고 한다. 다른 통계에 따르면 전국 초중고생들의 1/3이 이런 욕설에 감염(?)되어 있고 욕설을 사용하면서도 별다른 느낌을 받지 않는다는 학생도 47% 정도나 된다고 한다.

　중고생들이 주고받는 말을 들어보면 '졸라, 십XX, 개XX, 처XX, C발, ㅈ같다' 등을 아무렇지도 않게 쓴다. 그래서 모두들 청소년의 언어를 걱정하고 있으며, 청소년 언어 개선 프로그램을 통해 바른말 사용을 위한 교육과 홍보에도 애쓴다. 청소년에게 '욕을 하지 말자', '고운 말을 쓰자'라고만 할 문제는 아닌 것 같다. 학생들을 지켜보면서, 웃고 까불고 평온해 보여도 늘 현실에 힘겨워하는 느낌을 받는다. 가뜩이나 정서적으로 불안정한 청소년 시기에 입시 경쟁의 학교생활에서 오는 혼란, 불안감, 좌절감은 적지 않다. 청소년들의 언어도 이러한 현실과 무관하지 않을 것이다.

　성장기의 불안함에서 욕설을 너무 자주 쓰는 건 아닐까. 청소년들이 '깜놀, 생선,

엄빠주의, 고답이, 답정녀' 등의 유행어나 은어를 즐겨 쓰는 것도 청소년다운 발랄함 때문이기도 하지만, 이러한 언어유희를 통해 현실의 불안감을 해소하는 그들만의 방법일 수도 있다. 욕설을 알게 되는 경로는 영화와 온라인 게임에서 상당수의 욕설을 습득하게 되는 것으로 알려졌다. 현재 우리 사회는 욕설이 널리 만연된 욕설의 대중화(?) 시대가 되었고, 욕설을 지껄이는 것을 〈욕 문화〉라고 부를 정도로 우리 사회의 가치관은 저질적이고 거칠다. 영화나 만화 등 청소년들이 즐겨 접촉하는 대중 매체도 욕설은 버젓이 난무한다. 그것도 아주 심한 욕설이. 영화에서의 욕설은 흡사 영화의 현실감을 높이는 중요한 표현법처럼 인식되는 잘못된 경향이 있다. 얼마나 표현능력이 없으면 욕설을 사용해야만 현실감을 준다는 말인가?

대량 전파가 가능한 이러한 매체는 가치관의 정립이 미약한 사람들, 특히 청소년들에게 그것이 권위적으로 느껴지게 만들고 그러한 권위적인 매체에서 사용되므로 해서 욕설이 나쁜 것이라는 가치관까지도 마비되며 오히려 이를 우월한 것이나 되는 듯이 모방하게 만든다. '말로써 비수를 꽂는다'라는 표현이 어느 정도로 우리 마음을 아프게 하는지 짐작이 된다.

누군가가 우리말이 세계적인 말이 될 가능성이 있는가 하고 물었던 것이 기억이 난다. 만약에 우리말이 세계 속의 유력한 언어가 된다고 치자. 세계인들이 우리 말 속의 욕설들을 들으면 아마도 놀라 넘어지지 않을 사람이 없을 것이다. 그러나 정작 우리나라 사람들은 그러한 사정을 알지 못한다. 얼마나 욕설에 찌든 사회 속에서 살고 있는지조차 우리는 의식하지 못할 정도로 욕설에 둔감해졌다.

꽃처럼 예쁜 학생들이 외모는 샤방샤방 꾸미고 다니면서 입에 담지 못할 욕설을 하는 것이 안타깝다. 말은 그 사람의 인격인데 아무렇지 않게 욕을 하면서 듣는 사람의 기분이나 자신의 낮은 수준은 안중에 없는 것 같다. 욕은 공격적이고 파괴적이다. 욕은 상대의 감정을 격하게 하고 충돌의 원인을 제공한다. 욕은 근본적으로 상대방을 파괴하지만 자기 자신도 파괴한다. 욕을 하면서 마음이 악해지고 상대를 더 미워하게 되며 자신도 그 욕 속에 갇히게 된다.

가는 말이 고우면 반드시 오는 말도 곱게 온다. 말속에 사랑을 담아서 얘기하면 나에게도 사랑이 따뜻하게 다가올 것이다. (2019.04.)

다르게 생각해보기

적상중학교 교장 김만호

120년 전 한 사람이 전선 없이도 통신하는 방법을 발명했다고 주장했다. 사람들은 그를 미치광이라 불렀고, 주변 친구들은 그를 정신병원으로 데려갔다. 그러나 그는 얼마 뒤 실제로 사람들 앞에서 안테나를 이용해 무선 통신을 하는 데 성공했다. 지금은 전 세계 사람이 그것을 이용하고 있다.

100년 전 두 형제는 매일 언덕 밑으로 뛰어내렸다. 다리가 부러지고 팔이 부러지는 날도 있었지만, 반복해서 뛰어내렸다. 팔과 몸에 이상한 장비를 짊어진 채 말이다. 어떤 날은 팔에 날개를 달아 파닥거렸고, 어떤 날은 몸에 널빤지를 붙인 채 뛰어내렸다. 그 광경을 본 사람들은 하나같이 그들이 미쳤다고 생각했다. 하지만 얼마 뒤 사람들은 그들이 하늘을 나는 것을 보게 된다. 지금은 전 세계 사람이 하늘을 난다.

100년 전 한 사람은 개인에게 자동차를 팔겠다고 선언했다. 사람들은 그를 미친놈이라 했다. 그 당시는 자동차를 사려면 천문학적인 금액이 필요했기 때문이다. 하지만 몇 년 뒤 그는 대량 생산체제를 완비했고, 자동차의 가격은 수백 배로 줄었다. 지금은 그것들이 모든 가정의 주차장에 들어와 있다. 심지어 몇 대씩.

20년 전, 한 사람은 전자기기에 버튼을 없애 버리겠다고 말했다. 회사의 모든 사람은 미쳤다고 말했다. '전자기기에 버튼이 없다니' 말도 안 되는 소리 아닌가. 하지만 버튼 없는 기기는 나오자마자 폭발적인 인기를 얻었다. 전자기기 업계의 디자인 판도가 바뀌었다. 지금 우리가 사용하는 전자기기의 버튼 수를 세어보자. 대부분 한두 개다.

우리가 익히 알고 있는 이야기들이다. 위에서부터 전파를 발명한 마르코니, 비행기를 발명한 라이트형제, 자동차의 대중화를 가져온 헨리 포드, 스마트폰을 만들어낸 스티브 잡스의 이야기다. 우리는 이 이야기들을 통해 다르게 생각하고 행동하는 사람이 세상의 판도를 바꾼다는 것을 알 수 있다. 하지만 안타까운 점은 우린 지나치게 평균 또는 어중간한 상태를 좋아한다. 조금만 특이하다는 소리를 들어도 우린 경멸한다. 당장 평범함으로 돌아가야 한다. 조금이라도 특이한 것은 심각한 잘못이기 때문이다.

남들과 똑같아지는 데 인생을 걸기 시작한다. 모든 인생의 선택에 있어서 가장 중요한 것은 '평범할 수 있는가'다. 조금이라도 특이한 선택은 피해야 한다. 모든 것이 남들과 똑같아야 한다. 지금도 학교에는 '문제아'들이 넘쳐난다. 단지 '평범(ordinary)'하지 않다는 이유로 구제 불능 취급을 받는 사례도 있다.

모든 아이가 연령대별로 동일한 교육을 받고, 개성을 소중히 여기기보다 집단에 융화하는 것을 더 중요히 여기는 세상에서는 교사도, 학부모도, 학생도 '평범'의 함정에 빠질 수밖에 없다. 사람은 태어나면서부터 다른 환경에 처하게 된다. 따라서 저마다 소질과 능력이 다르고 그에 따른 다양한 교육환경이 필요하다고 본다. 나는 개인적으로 평준화보다는 다양한 교육제도를 찬성한다.

우리는 '우리라는 의식'(We feeling)에 너무 익숙하다. 우리 집, 우리 학교, 우리 동네…. 심지어는 다른 사람에게 자기 아내를 우리 아내라고 소개한다. 그래서 '우리'라고 하는 굴레에 들어온 사람들에게는 친절하고 관대하지만, 그 울타리 밖의 사람들은 외인(外人) 취급하거나 배타적이다. 자기 취향에 맞지 않거나 생각이 다르다고 해도 마찬가지로 취급한다. 지나치게 남의 시선을 의식한다. 다른 사람에게 튀어 보여서는 안 된다. 우린 조금만 튀어 보여도 고개를 못 든다. '평범'을 자처한다. 그럼 내 생각보다 다른 사람이 어떻게 보느냐가 더 중요해진다. 점점 타인의 시선이 내 인생의 주인이 되어버린다.

왜 그런 것일까? 역사적으로 우리는 외침을 많이 받아 '생존의 눈치'가 발달해서일까? 현재 우리 사회는 급격하게 경제가 성장하면서 세대 차이, 이념적 성향 차이 등 여러 가지 다른 것들에 대한 이해의 부족으로 심각한 갈등을 겪고 있다. 물론 사회 발전에 따른 성장통으로 이해할 수도 있을 것이다. 내가 말하고자 하는 것은 남과 억

지로 다르게, 특이하게 꾸미고 쇼해야 한다는 이야기는 아니다. '다름'을 있는 그대로 보고 존중하자는 것이다.

다양한 SNS(소셜미디어)를 보면 다른 사람에 대해 참견도 많이 하고 관심이 많은 듯 보인다. 하지만 충격적인 것은 사람들은 나에게 관심이 별로 없다. 사람들은 당신의 인생에 관심이 없다. 내가 어떤 삶을 살든 별로 관심이 없다. 자기 자신의 인생을 살기도 바쁘다. 그리고 모든 선택은 내가 책임져야 한다. 그 누군가의 조언에 의해서든 아니든, 결국 내 인생은 내가 살지 남이 살아주는 게 아니다.

그럼 어떤 인생을 살아야 할까? 간단하다. 내 생각대로 살고, 내 속도대로 살자. 남의 시선보다는 내 생각이 중요하다. 다른 사람의 조언은 참고 사항일 뿐이다. 중요한 것은 내가 선택하는 것이다. '다른 사람'이란 소리를 들으면 좀 어떤가. 그게 나인데. 원래 인간은 다 특이하다. '같음'이란 없다. 다 다르고 특이하다. 학생들을 보면 안다. 얼마나 가지각색이고 특이한가. 평범한 모습이란 절대 없다. 다른 게 정상이다.

사람들의 시선 때문에 마음이 약해질 때 떠올려 보자. 세상을 바꾼 대부분 사람은 '특이하다', '다르다'라는 소리를 들었다는 것을. 오늘날 우리는 자신을 좁은 틀 속에 가두고 서로 닮으려고만 한다. 어째서 따로따로 떨어져 자기 자신다운 삶을 살려고 하지 않는가? 각자 스스로 한 사람의 당당한 인간이 될 수는 없는가? (2019.10.)

약점 보완이 아닌 강점 강화에 집중하자

적상중학교 교장 김만호

작년 이맘때쯤 익산 함라중학교에서 코로나 19 발생 후 첫 번째 맞는 봄을 느끼는 감정을 춘래불사춘(春來不似春)이란 글로 쓴 적이 있다. 올해는 창문 너머로 적상산 절벽을 올려다볼 수 있는 적상중학교로 직장을 옮겨 목련이 활짝 핀 교정에서 봄을 느끼고 있다. 경제가 어려워지리라는 이야기들이 있지만, 주변의 사람들이 다들 너무 힘겨워하니 그 모습을 보는 것 자체가 침울한 기분이 들게 한다.

그런가 하면 선거가 가까운지 대학 입시제도가 자주 바뀌면서 학생, 학부모, 교사 등 교육 현장 또한 불안해하고 있다. 그래도 미래의 희망을 말해주는 것이 교육이니, 교실에서 학생들에게 장래 진로에 대해 물어본다. 그런데 중학교 3학년, 고등학교 2, 3학년 중에서도 장래 진로에 대해 "아직 모르겠다.", "딱히 내가 잘하는 것을 찾지 못하겠다." 이런 대답을 듣는 경우가 종종 있다. 위에 예시된 것들을 능력, 흥미라고 하는데 내 속에 있는 이것을 아는 것이 진로 설정의 첫걸음이다. 그래야 그 일에 열정으로 임할 수 있다. 힘들 때, 지칠 때, 열정이라는 연료가 포기를 막는 데 큰 역할을 한다고 믿는다. 열정이야말로 살면서 갖는 가장 큰 무기다.

재능이 있는 사람은 노력하는 사람을 이기지 못하고, 노력하는 사람은 즐기는 사람을 이기지 못한다고 하지 않는가? 중국 전국시대에 지어진 병법서인 『손자』에서 유래한 말로 지피지기 백전불태(知彼知己 百戰不殆)라는 말이 있는데 '상대를 알고 나를 알면 백 번 싸워도 위태롭지 않다는 뜻'으로, 상대편과 나의 약점과 강점을 충분히 알고 싸우면 이길 수 있다는 말이다. 무주는 사람들에게 무주리조트, 반딧불이 날아다니는 곳, 구천동 골짜기로 인식되어 있다. 자본주의라는 정글에서 보면 약자임이 틀림없다. 교육도 자본의 영향을 받는다. 정보, 돈, 인적 자본 등이 도시에 비해 떨어질 수밖에 없다. 약자에게는 어떤 생존 전략이 필요할까? 우리가 다 아는 성서의 '다윗과 골리앗' 이야기로 풀어 보자.

옛날 이스라엘에 다윗이라는 양치기 소년이 있었다. 어느 날, 블레셋 군대가 이스라엘로 쳐들어왔는데, 블레셋 군대에는 골리앗이라는 거인이 있어서 이스라엘 군대가 당해 내지 못했다. 그때 아버지의 심부름으로 군대에 있는 형을 보러 간 다윗은, 이 사실을 알고 이스라엘 사울 왕에게 나아가 말했다.

"제가 나가서 싸우겠습니다. 허락해 주세요."

사울 왕은 다윗이 너무 어려서 망설였지만 결국 허락했다. 다윗이 앞으로 나오자 거인 골리앗은 코웃음을 쳤다.

"꼬마 녀석이 겁도 없이 나섰구나!"

"너는 칼과 방패로 싸우지만, 나는 나의 신의 이름으로 싸우겠다!"

다윗은 시냇물에서 주운 차돌을 무릿매에 넣어 골리앗을 향해 쏘았다. 쏜살같이 날아간 차돌은 골리앗의 이마에 똑바로 맞았고, 거인 골리앗의 거대한 몸은 힘없이 쓰러졌다.

다윗과 골리앗이 주는 교훈은 자명하다. 번쩍이는 청동 갑옷과 무시무시한 검을 든 거인보다 지팡이와 돌멩이밖에 없는 양치기가 더 강할 수 있다. 우리는 강자와 약자의 구분에 있어 통념에 빠져 있는지도 모른다. 오히려 약점에 연연하면 약자가 되고, 강점에 집중하면 강자가 된다고 보는 편이 온당하다. 기업도 그렇다고 들었다. 세계 500대 기업들의 평균 수명이 채 20년이 되지 않는 것에서 알 수 있듯이 영원할 것 같던 절대 강자도 신생 벤처기업에 의해 어이없이 몰락하는 경우가 있다.

결국, 약점을 보완하기보다 강점을 키우는 게 중요하다.

그렇다고 수학에 자신 없으니 포기하고 다른 과목에 몰입하자는 이야기는 아니다. 한국식 기업경영, 한국식 교육은 여러 가지 비판을 많이 받기도 했지만 짧은 기간에 고도성장을 이루어 내기도 했다. 한류도 한국의 강점을 살렸기 때문에 가능했다.

면 단위 시골 학교는 무엇을 무기로 삼아 회생할 수 있을까? 입시에서 조금은 자유로운(?) 초등학교는 혁신 교육으로 인구 유입을 하고 마을 학교 성장 프로그램을

우리는 산골교사로 살기로했다

운영하며 특색을 살리고 있다. 그런데 중등학교에 들어오면 잘하던 피아노, 태권도, 봉사활동도 학업에 집중하느라 다 끊어 버리는 것이 현실이다. 면 단위 중등학교에서 한 학급 10명 이하의 학급은 어떻게 해야 할까? 나름대로 맞춤 학습. 수준별 수업이 답이 아닐까 생각하고 실험해 보며 길을 찾는 중이다.

나에게 강점이 무엇일까? 긍정적으로 생각해야 한다. 잘 먹고 잘 자는 것, 잘 웃는 것, 손재주가 있는 것, 미적 감각이 있는 것, 집중력이 있는 것, 허구의 세계를 잘 만드는 것… 조금씩 조금씩 강점을 쌓아 10만 시간이 된다면? 그 분야의 전문가가 되지 않을까?

모든 면이 탁월한 사람은 없다. 모든 면이 탁월한 척하느라 점점 더 외로워지는 사람이 있을 뿐이다. 완벽하지 않지만, 나만의 무기가 분명히 있다는 사실을 알면 나를 옥죄는 불안함이 느슨해진다.

"완벽하지 않은 것 같아서 불안해질 때는 자신에게 말해주자. 완벽하지 않아도 괜찮아! 답은 하나가 아니야. 길도 하나가 아니야. 나만의 답과 나만의 강점을 찾자." (2021.04.)

금쪽같은 내 새끼

적상중학교 교장 김만호

〈금쪽같은 내 새끼〉라는 육아 솔루션 프로그램을 몇 번 본 적이 있다. '울다 응급실에 실려 간 어머니 이야기, 부모에게 삿대질하는 아이, 이혼 사실을 알려주지 못해 속 태우는 부모 이야기', 등등. 내 자녀들이 장성해서 잊어버렸던 아이들의 사춘기 시절이 필름의 한 장면으로 재생되었다.

어떤 글에서 사람과 사람 사이의 관계에서 '더 사랑하는 쪽이 약자'라고 쓴 표현을 보았는데, 부모와 자식 사이도 그렇다. 대개 약자는 부모다. 금쪽같은 자녀 모두 꽃길을 걷게 만들겠다는 부모의 마음은 본능적 사랑이며 자기희생의 모습을 취하기에 숭고하게 느껴지기도 한다. 그러나 부와 명예 등을 사회적 성공의 척도로 삼는 냉엄한 현실 앞에서 '사랑'이라는 필수적이고 정상적인 욕구 충족은 때로 그냥 지나쳐야 할 방해물로 취급받는 경우가 많아졌다. 그러다 보니 미래의 성공을 위해 오늘의 소소한 행복은 참아야 한다는 생각이 금쪽같은 자녀들을 욕구 불만의 상태로 몰아가고 있는 것이다. 우리는 자녀의 욕구 불만을 얼마나 이해하고 있을까?

평소 욕구 불만이 가득한 아이들은 대개 게임이나 SNS에 매달려 자신의 욕구 불만 상태에서 벗어나기 위해 안간힘을 쓴다. 이러한 아이들의 속마음은 보지 못하고 겉으로 드러나는 행동만 보면 한심하다는 생각에 부모들의 걱정은 갈수록 커질 수밖에 없다.

걱정으로 채워진 부모 마음은 아랑곳하지 않고, 자기 하고 싶은 대로만 행동하려는 자녀의 모습은 부모를 더욱 불안하게 해 자녀의 일거수일투족에 신경을 쓰게 된다. 그리고 본의 아니게 잔소리가 늘면서 화를 내게 되는 것이다. 만약 자녀가 스마트폰을 손에서 놓지 못하면 가정은 전쟁터의 상황까지 치닫게 된다. 요즘 부모들이 느끼는 불안감은 자녀의 욕구를 인정하기 어려운 수준까지 악화되고 있다. 부모들이 처한 어려운 현실을 이해하고 불안감을 달래줄 자녀가 몇이나 될까?

대개 아이들은 부모를 단순히 자신의 욕구를 무시하고 방해하는 존재로 인식하면서, 부모에 대해 '꼰대'라는 적대감을 키우게 된다. 그리고 자신의 욕구는 안중에도 없고, 공부하라고만 다그치는 부모들에게 아이들은 무력감과 상실감을 느끼게된다. '이번 생은 망했다', '아무것도 내 마음대로 할 수 없다', '그때 나는 마음에서 부모를 잃었다', '공부 외에 해본 일이 없다'. 이렇게 '꼰대 부모' 아래서 자라는 아이들의 마음고생이 안으로 파고들면 우울증과 무기력을 낳고, 밖으로 향하면 폭력과 같은 사회적 문제행동을 일으키거나 다양한 중독에 빠질 수 있음을 알아야 한다.

부모라면 매슬로의 인간의 욕구 5단계 이론 중, 결핍 욕구와 성장 욕구의 차이를 이해할 필요가 있다. '생리적 욕구, 안정의 욕구, 사랑의 욕구, 존중의 욕구'까지가 결핍 욕구다. 결핍 욕구가 충족되어 욕구 불만 상태에서 벗어나야 비로소 자아실현이라는 성장 욕구의 충족을 위해 공부하고 싶은 마음이 생긴다고 생각하면 쉽다. "다너를 위해서야"라는 말은 요즘 아이들이 정말 싫어하는 말이다. 만약 부모가 '자녀 사랑'이라는 포장지로 덧씌워진 자신의 욕구를 앞세우지 않고, 아이가 처한 욕구의 결핍을 충분히 헤아려 욕구 불만 상태에서 벗어나도록 도와주면 그때 비로소 아이들은 열심히 공부하고 싶은 마음을 갖게 될 것이다.

'스포일러(spoiler)'라는 말이 있다. 영화, 소설, 애니메이션 등의 줄거리나 내용을 예비 관객이나 네티즌에게 미리 밝히는 행위나 그런 행동을 하는 사람을 일컫는 말로, 본래 의미는 '망치다', '훼방하다'라는 의미이다. 사실 스포일러를 안다는 건 영화보기를 망치는 지름길이다. 자녀 인생길을 도와주는 데 있어 지름길이 편하고 빠른 것 같아도, 모든 갈림길에 부모가 나타나 내비게이션이 될 수는 없다. 겪을 만큼 겪고, 아플 만큼 아파야 어른이 되기 때문이다. 원하지 않는데도 모든 것을 알려주고 결정해주는 것은 자녀 인생의 스포일러이다. 청소년기의 불안감을 이기거나 없애는 것은 사실상 불가능한 것으로 잘 다스리며 더불어 살아야 할 존재로 생각하는 것이 온당하다. 아이가 성장하면서 겪어야 하는 기쁨과 고통은 자녀의 몫이다. 가시 없는 선인장이 없는 것처럼, 고통 없는 성장도 없다. 그것이 성장통(成長痛)이다.

아이가 귀한 시대의 문제는 관심이 아닌 간섭, 사랑이 아닌 집착, 적당함이 아닌 과도함이다. 육아 솔루션이 대부분 '기다려주기' '믿어주기'라는 게 반증이다. 이때 '자식은 내 곁에 잠시 머무는 귀한 손님'이라는 말은 새겨볼 만하다. '온전한 어른'이란 둥지에서 떠남을 전제하기 때문이다. 무작정 주는 것이 사랑일까? 정말 필요할 때, 상대가 원하는 만큼, 원하는 방식으로 주는 게 사랑일까? 사랑도 아낌없이 줄 게 아니라, 때로 아껴가며 줘야 한다고 생각한다. (2021.12.)

'아이들의 천국'을 꿈꾸며

- 영화 〈천국의 아이들〉과 같은 사람 중심의 교육환경 만들어야! -

안성고등학교 교감 김영호

얼마 전 오래간만에 이란 영화 〈천국의 아이들〉을 다시 보게 되었다. 아주 오래전이 영화를 보고, 영화에 대한 감동 때문에 이란이라는 나라에 대해 가졌던 사소한 편견조차도 살며시 녹아내리던 기억이 생생하다.

영화의 줄거리는 매우 단순하다. 테헤란에 사는 주인공 알리와 그의 여동생 자흐라는 아홉 살, 일곱 살 난 오누이다. 그들은 가난 때문에 신발을 한 켤레씩밖에 가지지 못했는데, 어느 날 알리는 실수로 동생의 구두를 잃어버리고, 어쩔 수 없이 오누이는 하나 남은 알리의 낡은 운동화를 번갈아 신고 학교에 가기로 한다. 동생 자흐라는 오전반, 오빠 알리는 오후반이었기에 가능한 일이었다.

그러나 오전 수업이 끝나고 자흐라는 있는 힘을 다해 집으로 달려와 오빠에게 신발을 넘겨주고, 알리는 다시 죽을힘을 다해 학교로 달려보지만, 번번이 지각을 면할 길이 없었다. 그러던 중 아이들이 사는 지역에서 전국 어린이 마라톤 대회가 열리게 되고, 알리는 3등 상품인 운동화를 동생에게 선물하고 싶어 대회에 참가하게 된다. 그런데 너무 열심히 달린 나머지 알리는 그만 1등을 하게 되고, 기뻐하는 선생님, 친구들과는 달리 알리는 울음을 터뜨리고 만다. 동생에게 운동화를 선물할 수 없었기 때문이다. 슬픔에 빠진 채 집으로 돌아오는 알리는 도중에 상처투성이가 된 두 발을 연못에 담그고, 마치 그런 알리를 위로하려는 듯 금붕어들이 알리의 두 발 사이로 몰려들어 그의 발을 어루만지며 영화는 끝이 난다.

아이들에게 주어진 절대적 가난과 뚜렷이 드러난 빈부 격차 등의 모습에 영화를 보면서 마음이 편치만은 않았다. 분명 주인공이 거주하는 마을은 가난했으며, 주인공의 가족은 더더욱 가난 속에서 벗어나지 못하고 있었다. 그러나 이 영화에서만큼은 '가난=불행'이라는 일반적 등식은 성립되지 않았다. 영화를 보는 내내 천국 같은 마을과 천국에서나 살 것 같은 아이들의 모습에 흐뭇한 아빠 미소가 입가를 떠나지 않았다.

가난하고 몸도 성치 않지만, 사랑으로 아이들을 키우는 알리의 어머니. 언제나 가족을 위해 성실하게 일하며, 예배 때 쓸 귀한 설탕이 산더미처럼 쌓여 있어도 조금도 탐하지 않는 정직한 아버지. 매번 지각하는 알리이지만 언제나 인자한 미소로 감싸주었고, 아이의 재능을 알아보고는 올바른 길을 제시해 준 선생님. 가난한 알리의 아버지에게 일자리를 제공하고 넉넉한 품삯을 쥐어 주던 가슴 따뜻한 이웃집 할아버지. 하나뿐인 신발이 물에 떠내려가는 것을 보고 어쩔 줄 몰라 하던 알리를 위해 하던 일을 마다하고 달려와 함께 신발을 건져주던 동네 아저씨들. 잃어버렸던 구두를 신고 있던 아이를 발견하고 집으로 찾아가 신발을 돌려받으려 했지만, 그 소녀가 자신들보다 더 열악한 환경에서 살고 있는 모습을 본 후 아무 말 없이 자신의 구두를 양보하고 돌아서던 알리와 자흐라. 심지어, 상처투성이인 알리의 몸과 마음을 어루만지던 연못 속 금붕어들까지…

열악한 환경에도 불구하고 주인공 남매가 정직하고 순수하게 살아갈 수 있었던 건 그들 주변을 든든히 지켜주던 어른들이 있었기 때문이다. 비록 물질적인 풍요는 가지지 못했지만, 서로를 배려하고 서로에게 의지하며, 나보다 더 힘든 사람을 격려하는 어른들. 아이들을 위해 인간으로서 지녀야 할 보편적 가치를 지켜내고, 자신들의 삶을 묵묵히 살아내던 마을의 어른들. 지금 우리 공동체에 꼭 필요한 어른들의 모습이 아닐까? 이 영화를 본 후, 한 아이를 길러내기 위해서는 온 마을이 함께해야 한다는, 흔하지만 소중한 진리가 너무도 선명하게 가슴을 파고든다.

지금의 무주는 물질적으로 아주 풍요로운 지역이라 말하기는 어려울 것이다. 그러나 우리 아이들을 위해 어른들이 어떠한 노력을 하느냐에 따라 우리의 무주는 '아이들의 천국'이, 우리 아이들은 '천국의 아이들'이 될 수 있을 것이다. 때마침 전라북도교육청에서도 마을의 모든 아이들이 안전하고 건강하게 자랄 수 있도록 학교와 마을, 교사와 지역주민, 교육청과 지방자치단체가 유기적으로 참여하고 협력하는

'마을교육생태계'를 활성화하고자 노력하고 있다. 비단 교육 관련자들뿐 아니라 지역의 모든 어른이 아이들의 '천국'을 만들기 위해 불철주야 고민하고 노력하는 모습, 안전하고 평화로운 그곳에서 우리 아이들이 마음껏 꿈을 펼치는 모습, 상상만으로도 즐겁고 행복하기만 하다. (2019.07.)

진로 선택으로 고민하는 채령이에게

안성고등학교 교감 김영호

채령아, 안녕? 영호 샘이야. 언젠가부터 아이들이 '선생님' 대신 '샘'이나 '쌤'으로 줄여 부르기 시작하면서 처음에는 약간의 거부감이 들기도 하였지만, 지금은 오히려 내 입에서도 '샘'이라는 말이 더 익숙하고 친근해지다니 조금 어색하고 멋쩍기까지 하구나. 우리가 중학교 3학년 담임과 제자로 인연을 맺은 건 2년 전이었지. 항상 밝고 긍정적이었으며 특히 그 어느 학생들보다도 우리말과 우리글을 사랑하고 국어 과목을 열심히 공부하던 모습이 내겐 기쁨이었고 감동이었단다. 그런 너의 모습을 보며 국어를 가르치는 일에 보람을 느꼈고 언제나 정성을 다하는 국어 교사가 되겠다는 다짐을 하곤 했어. 그래서 선생님은 채령이에게 국어학자라는 직업을 소개했고 이후 채령이도 그 분야에 대해 꾸준한 관심과 열정을 보여주었지.

그런데 샘이 고등학교로 학교를 옮긴 후 다시 만난 채령이는 선생님과의 재회를 누구보다도 기뻐했지만, 예상과는 달리 얼굴에는 근심과 걱정이 가득했단다. 어느 날은 내게 다가와서 풀이 죽은 목소리로, "선생님, 저 아무래도 진로를 바꿔야 할 것 같아요. 어떡하면 좋죠?"라고 말해서 선생님을 당황스럽게 만들기도 했어. 이유인즉슨, 선생님들을 비롯한 주변의 어른들로부터 문과 학생들은 직업을 갖기 힘들다거나 심지어 밥이라도 얻어먹고 살려면 이과 가서 기술이라도 배워야 한다는 말들을 들으며 너의 선택에 대한 그동안의 확신이 점점 불안으로 변해갔던 것이었다.

채령아! 그런데 말이야. 25년 전 선생님도 너와 같은 고민을 했단다. 가정형편으로 기계공고를 졸업한 후 작은 금형 공장에 취업하여 낮엔 공장에서 일하고 밤에는 전문대 금형설계과를 다녔지. 그런데 열일곱 살부터 스물다섯 살까지 내가 하던 기계 관련 일 때문에 행복했던 적은 단언컨대 단 한 번도 없었어. 정말 먹고살기 위해 일했고, 마지못해 일했다는 표현이 옳을 거야. 그러다 군대를 다녀온 후 나의 길을 가야겠다는 생각에 스물여섯이라는 늦은 나이에 다시 국문학과에 진학하고자 할 때 요즘 채령이가 자주 듣는 말들을 선생님도 똑같이 들었단다. 국문학과 나오면 밥도 못 빌어먹고 산다는 이도 있었고, 심지어 국문과가 아니라 '굶는 과'라고 악담을 하는 이도 있었단다. 그때는 얼마나 서운하고 원망스럽던지. 아마 지금의 채령이나 문과 계열을 선택하고자 하는 많은 아이들의 심정도 그때의 선생님과 별반 다르지 않을 거라 생각하니 마음이 편치 않구나.

그러나 채령아! 걱정하지 말고 두려워하지도 마라. 네가 가고자 하는 길은 먹고 사는 문제로 귀결 지을 수 없는 소중하고 고귀한 것이며, 너의 재능과 열정은 대한민국에 한 사람의 국어학자만 남게 된다고 해도 그건 너의 몫일 거라 확신한다. 아이들의 진로 선택에 관여하는 많은 어른들이 한 가지 간과하는 것이 있다. 그것은 바로 아이의 재능과 흥미, 열정 등을 무시한 채 직업적 안정성이나 사회적 선호도, 혹은 미래의 전망 등의 외적 조건들만 들이밀었을 때 아이는 행복한 삶을 살 수 없으며 그 분야에서 성공하기는 더더욱 힘들다는 것이다.

독일의 심리학자인 크리스티나 피서는 그의 저서 '나만 이상한 걸까?'라는 책에서 인간 행위의 기준이며 직업 선택의 결정적 기준으로 세 가지 동기를 제시했는데, 그것은 성과 동기, 권력 동기, 애착 동기란다. 성과 동기란 어떤 일을 특별히 잘하고자 하는 마음이고, 권력 동기란 타인에게 영향을 미침으로써 의미 있는 사람이 되고자 하는 마음이며, 애착 동기란 긍정적인 인간관계를 구축하고 유지하고자 하는 마음이란다. 이 세 가지 조건에 부합하는 직업을 선택할 때 인간은 비로소 의미 있고 행복하며 성공한 삶을 살 수 있는 거란다. 그런 의미에서 채령이는 너의 흥미, 적성, 열정 등에 가장 적합한 분야를 선택한 것이고 훗날 의미 있는 결과를 가져오리라 확신한다.

무한경쟁의 시대에 단지 과거의 경험만을 바탕으로 아이들에게 재능도, 관심도 없는 분야에서 살아남기를 바라는 어른들의 처사는 너무 지나치다는 생각이 드는구나. 진정 바람직한 사회는 모든 사회 구성원들이 자기 분야에서 최선을 다하면 먹고

우리는 산골교사로 살기로했다

사는 걱정을 하지 않아도 되는 그런 사회가 아닐까? 그건 국가나 사회가 합리적인 시스템을 마련해서 풀어야 할 문제이지, 결코 한 개인에게 떠넘길 문제는 아니라고 생각한다.

채령아! 선생님은 희망해본다. 부디 채령이뿐 아니라 같은 고민을 하는 세상의 모든 채령이들이 묵묵히 자신의 분야에서 최선을 다하기만 하면 되는, 그런 행복하고 건강한 세상이 속히 오기를. 그리고 약속하마. 미약하지만 그런 세상을 만들기 위해 쉼 없이 노력하는 사람이 되겠다고. 남들은 '가지 않으려는 길'을 묵묵히 걷고 있는 채령이의 삶을 응원하며, 유난히 단풍이 고운 어느 가을에 영호 샘이. (2020.11.)

별 헤는 밤

안성고등학교 교감 김영호

평생을 국어 교사로 살아온 나는 그동안 수없이 많은 시인과 작품들을 만났고 아이들과 그들의 삶과 문학을 함께 나누며 살아왔다. 그런데 그 많은 국내외 시인과 작품 중에서 유독 나는 윤동주의 시들에 매료되었다. 아마도 그 이유는 고향을 떠나 생활하며 언제나 고향의 하늘과 부모님을 그리워했던 윤동주의 삶이 흡사 젊은 날의 내 모습과 많이 닮아 있었고, 그의 시 속에 녹아있는 그리움의 정서가 나에게 커다란 울림으로 스며들었기 때문인지도 모르겠다. 특히 시인이 1941년 11월에 지은 「별 헤는 밤」이라는 시는 마치 내 마음을 고스란히 옮겨놓은 듯해 늘 애송하던 작품이다.

계절이 지나가는 하늘에는
가을로 가득 차 있습니다.

나는 아무 걱정도 없이
가을 속의 별들을 다 헤일 듯합니다.
가슴 속에 하나둘 새겨지는 별을
이제 다 못 헤는 것은
쉬이 아침이 오는 까닭이요,
내일 밤이 남은 까닭이요,
아직 나의 청춘이 다하지 않은 까닭입니다.

별 하나에 추억과
별 하나에 사랑과
별 하나에 쓸쓸함과

별 하나에 동경과

별 하나에 시와

별 하나에 어머니, 어머니

어머님, 나는 별 하나에 아름다운 말 한마디씩 불러봅니다. 소학교 때 책상을 같이했던 아이들의 이름과, 패(佩), 경(鏡), 옥(玉) 이런 이국 소녀들의 이름과, 벌써 아기 어머니 된 계집애들의 이름과, 가난한 이웃 사람들의 이름과, 비둘기, 강아지, 토끼, 노새, 노루, 프랑시스 잼, 라이너 마리아 릴케, 이런 시인의 이름을 불러봅니다.

이네들은 너무나 멀리 있습니다./ 별이 아스라이 멀 듯이

어머님,
그리고 당신은 멀리 북간도에 계십니다.

나는 무엇인지 그리워
이 많은 별빛이 내린 언덕 위에
내 이름자를 써 보고
흙으로 덮어 버리었습니다.

딴은 밤을 새워 우는 벌레는
부끄러운 이름을 슬퍼하는 까닭입니다.

우리는 산꽃교사로 살기로했다

그러나 겨울이 지나고 나의 별에도 봄이 오면
무덤 위에 파란 잔디가 피어나듯이
내 이름자 묻힌 언덕 위에도
자랑처럼 풀이 무성할 거외다.
― 윤동주, 「별 헤는 밤」

중학교를 졸업하고 타지에 있는 고등학교에 진학하면서부터 나의 타향살이는 시작되었다. 고등학교 졸업 후 직장생활, 군 복무, 전역 후 늦깎이 대학 생활, 심지어 고등학교 교사가 된 이후에도 줄곧 고향인 무주와는 멀리 떨어진 곳에서 머물렀다. 그때마다 나는 윤동주 시인처럼 고향과 어머니를 그리워하였고, 그의 시를 읊조리며 그리움을 달래곤 했다. 그러던 어느 날 그립던 어머니께서 먼저 하늘의 별이 되어 떠나시고, 나는 고향을 떠난 지 꼭 이십 년 만에 아내와 어린 두 아이를 설득해 어머니 없는 고향 무주로 돌아왔다. 서른일곱이라는, 계획보다는 조금 이른 나이에 고향에 돌아와 정착했지만, 어머니에 대한 그리움은 쉽게 가시지 않았다.

그러나 어머니가 계시지 않는 고향엔 홀로 남으신 아버지와 나를 믿고 산골 오지까지 따라와 준 아내와 두 아이가 있었다. 그뿐만 아니라 고향 후배인 동시에 제자인, 사랑하는 학생들이 있었고, 교육을 통해 아이들을 위한 희망의 씨앗 하나 심고, 징검다리 하나 더 놓자며 의기투합하던 동료 선후배 선생님들이 있었다. 이들과 함께하니 어머니에 대한 그리움을 덜고 새롭게 힘을 낼 수 있었다.

그런데 나는 지금, 다시 정든 고향을 떠나 외로운 타향살이를 하고 있다. 무주에서 멀리 떨어진 전주의 한 고등학교의 교감으로 발령받아 무주를 떠나 전주에서 홀로 생활하게 된 것이다. 야간 프로그램들이 끝나고 몇 개의 골목들을 돌아 혼자 거처하는 원룸으로 돌아오면 무주에 두고 온 가족과 추억을 함께 나누었던 제자들, 그리고 고생하고 있을 동료 교사들의 얼굴이 주마등처럼 스치곤 했다. 그럴 때마다 타향에서 고향 용정을 그리워하던 윤동주 시인처럼 나도 보일 듯 말 듯 희미하게 비치는 별 하나에 그리운 이름들을 붙여 간절히 불러보았다. 특히 마지막 담임을 맡았던, 내게는 선물과도 같은 제자들 스물세 명의 이름을 하나씩 불러본다. 춘표, 태현, 가연, 경은, 규희, 민희, 세윤, 수연, 영하, 준희, 서은, 예빈, 정호, 유신, 서준, 선주, 예빈, 준민, 현수, 진황, 송이, 예원, 진구.

그러나 윤동주 시인의 말처럼 이네들은 너무나 멀리 있다. 별이 아스라이 멀 듯이. 그래도 별을 노래하는 마음으로 지금 내 앞에 있는 아이들을 사랑해야지. 그리고 나한테 주어진 길을 담담히 걸어가야겠다. 고향의 하늘에는 오늘 밤에도 별이 바람에 스치겠지? 언젠가 아이들과 함께 창문 사이로 몸을 반쯤 걸친 채 무주의 맑은 밤하늘을 바라보며 도란도란 이야기꽃을 피울 그 날을 기다려 본다. (2021.03.)

우리는
산골고사리
살기로했다

그냥 둔다

- 사춘기 아이를 둔 부모들을 위하여 -

안성고등학교 교감 김영호

3년 전쯤 적상산 무주호(茂朱湖) 근처에 작은 오두막을 지으면서 오래 꿈꾸어오던 전원생활이라는 것을 시작했다. 아이들도 모두 성장해서 대학생이 되었고 아파트보다는 단독주택이 조금은 더 운치가 있지 않을까 하는 막연한 기대로 덜컥 일을 저질렀지만, 의외로 부지런히 몸을 움직이지 않으면 안 되는 일이 많았다. 특히나 하루가 멀다고 머리를 내미는 마당의 풀은 어찌해볼 도리가 없었다. 평생을 교직에 종사해온 나에게는 마치 수시로 일을 벌이는 사춘기 아이들만 같았다. 요즘 같은 여름철엔 더더욱 걷잡을 수 없었다. 여기서 삐쭉 저기서 삐쭉, 뽑고 돌아서면 삐쭉, 허리 한 번 펴고 내려다보면 금세 삐쭉. 도저히 감당이 안 되기에 여러 궁리 끝에 묘안 하나를 생각해 냈다. 평소 약간의 게으름을 즐기는 나에게는 딱 맞는 해법이 아닐 수 없다. 그 묘안은 바로 '그냥 두는 것'이다. 물론 아내의 예상치 못한 잔소리가 뒤따른다는 부작용만 빼면 말이다. 그러나 이 또한 벗어날 방법을 마련해 두었다. 어김없이 아내의 잔소리가 시작되려 하면 나는 능청스럽게 시를 한 편 읊어준다. 이성선 시인의 '그냥 둔다'이다. 연의 끝에 반복되는 '그냥 둔다'에 방점을 두어 찬찬히 함께 읽어보자. 평화로운 분위기와 달관한 듯한 화자의 태도가 느껴질 것이다.

마당의 잡초도
그냥 둔다

잡초 위에 누운 벌레도
그냥 둔다

벌레 위에 겹으로 누운
산 능선도 그냥 둔다

거기 잠시 머물러

무슨 말을 건네고 있는

내 눈길도 그냥 둔다

스스로 생각해도 글의 서두가 다소 장황하다. 사실 마당의 풀 이야기를 꺼낸 까닭은 아내의 등쌀에 마지못해 풀 몇 포기를 뽑다가 뜬금없이 사춘기 아이들을 둔 부모의 마음이 생각났기 때문이다. 사춘기 아이들에 비하면 마당의 풀은 그야말로 새 발의 피 아닌가? 마당 위의 풀은 뽑아버리면 그만이지만 사춘기 아이들은 뜻대로 되지 않아도 함부로 어찌할 수도 없는 귀한 존재들이기 때문이다. 주변의 많은 부모가 사춘기 자녀들로 인해 힘들어하고 가끔은 나에게도 조언을 구하기도 한다. 그럴 때마다 필자는 '그냥 두라'고 말한다. 그러면 부모들은 어이없다는 듯 흥분해서 반문한다. 하는 말과 행동마다 사람의 속을 뒤집어놓는데 어찌 그냥 두고만 볼 수 있느냐고. 등짝 스매싱을 한 대 후려갈겨도 속이 시원치 않다고 말이다.

그런데 한 번 곰곰이 생각해보자. 아이들은 의도적으로 부모의 속을 뒤집으려 한 적이 없다. 아이들은 인간의 성장 단계에 맞게 지극히 정상적인 모습을 보이고 있을 뿐이다. 국어사전을 찾아보면 사춘기는 '육체적·정신적으로 성인이 되어 가는 시기'이다. 따라서 사춘기에 접어든 아이들이 보이는 전과 다른 언행은 성숙한 성인이 되기 위해 겪어야 할 어쩌면 당연한 내면적 성장통인지도 모를 일이다. 오래전에 겪었던 사춘기 시절을 기억하지 못하는 어른들의 눈에는 아이들의 모습이 답답하고 이해하기 힘들겠지만, 그것은 어른이 된 현재의 눈으로 아이들을 바라보기 때문이다.

누군가에게 시간은 야속하게 빨리 흘러가고 누군가에겐 한없이 지루한 대상이겠지만, 생각보다 시간은 우리에게 많은 것을 안겨준다. 시간은 누군가의 눈물을 닦아

우리는 산골교사로 살기로했다

주기도 하고, 죽음의 문턱에서 건져내어 살아갈 힘을 불어넣어 주기도 하며, 최소한 우리의 아이들을 지금보다 더 단단하고 의젓하게 성장시켜 줄 것이다. 그저 묵묵히 기다리며 지켜봐 주자. 조금의 시간이 흐른 뒤에 언제 그랬냐는 듯이 달라진 아이들의 모습을 볼 수 있을 것이다. 한 발짝 물러서 있어도 진심 어린 격려와 관심만 놓지 않는다면 아이들은 결코 어른들의 사랑을 배신하지 않을 것이니 오늘부터 잔소리나 등짝 스매싱 대신 마음속으로 '릴렉스(relax)'를 대뇌이며 아이들에게 맡겨두고 기다려 보자. 이 또한 지나가리니. (2021.08.)

너, 이름이 뭐니?

안성고등학교 교감 김영호

'얘, 거기 쪼끄만 애. 네 이름이 뭐니?'

우연히 TV를 보는데, 한 예능 프로그램에서 개그맨 이성미가 가수 양희은과의 30년 전 사연을 소개하고 있었다. 〈아침이슬〉, 〈한계령〉 등의 히트곡을 남긴 가수로 잘 알려졌지만, 요즘도 라디오 진행자나 방송인으로 다양한 활동을 이어가고 있는 가수 양희은은 예나 지금이나 어려운 후배들을 잘 챙기기로 소문이 자자하다. 그런데, 양희은은 당시 무명이던 이성미에게도 먼저 다가와 "얘, 거기 쪼끄만 애, 네 이름이 뭐니? 너 우리 집에 가서 같이 밥 먹을래?"라고 먼저 말을 건넸고, 이성미는 양희은이 정성스레 차려 준 집밥과 가깝지도 않았던 후배를 살뜰히 챙기는 모습에 감동하여 30년이 훌쩍 지난 지금까지도 끈끈한 선후배의 관계를 유지하고 있다고 말했다. 양희은의 유행어가 되어 버린 '네 이름이 뭐니?'라는 이 말이 많은 사람들에게 회자되어 광고에까지 등장하게 되었으니 그 사연이 참으로 재미있다.

그런데 문득 '얘, 거기 ○○○한 애, 네 이름이 뭐니?'라는 말이 참으로 낯익다는 생각이 들었다. 학년 초가 되면 학교 곳곳에서 쉽게 들을 수 있는 말이었기 때문이리라. 아직 아이들을 다 파악하지 못한 상태에서 많은 선생님들은 무리 속에서 특정 아이를 부르기 위해 이 패턴을 주로 사용하게 된다. "얘, 거기 ○○○한 애. 너 잠깐 이리 좀 와볼래?"로 시작되어 학생이 다가오면 "그래, 네 이름이 뭐니?"라고 묻고, 아무개라는 대답이 돌아오면, "그래, 아무개야." 하면서 자연스레 대화가 시작되곤 한다. 그런데 혹여라도 선생님이 '○○○한 애'라고 부를 때, 수식어인 '○○○'에 들어가는 말이 '쪼끄만', '뚱뚱한', '까무잡잡한' 등 외모의 특징을 지칭하는 말이라면 아이들의 콤플렉스를 자극하는 부정적인 결과를 초래하기도 한다. 학생들에 대한 인권 의식이 많이 향상된 최근에야 이런 일이 거의 없겠지만, 필자의 학창 시절만 해도 남자 선생님들의 첫 멘트는 대부분 "얌마, 누구~~"로 시작되는 경우가 많았다.

다행스럽게도 필자는 숫자보다 이름을 조금 더 쉽게 기억하는 편이어서 교직 생활을 하는 동안 아이들의 이름 때문에 고민해본 적은 딱히 없다. 게다가 학년 초 담임이나 교과를 맡으면 무엇보다 먼저 아이들의 이름을 외우는 일을 우선순위로 두었기에 어떤 때엔 아이들의 기대보다 훨씬 빨리 이름을 불러줄 수 있었다. 그때 보았던 아이들의 표정엔 놀라움과 신뢰가 함께 묻어있었다.

몇 년 전 어느 중학교에 근무할 때는 같은 학년에 쌍둥이가 여럿 있었는데, 그중 한 쌍둥이 형제가 필자를 시험하기 위해 수업 시간에 서로 반을 바꿔 들어왔고 평소와 다른 머리 스타일과 옷차림을 하고 앉아 자신의 이름을 물어보는 것이었다. 아이의 이름을 불러주자 교실에 아쉬움과 환호성이 동시에 일었다. 전 시간에 아이들의 이름을 기억하지 못하면 선생님이 미안함의 뜻으로 선물을 주겠다고 약속했었기 때문이었다. 그 선물을 받기 위해 아이들은 서로 반도 바꾸고 평소엔 안 쓰던 안경도 쓰고, 심지어 물을 잔뜩 발라 5:5 가르마로 위장하기도 했지만, 다행히 아이들 한 사람 한 사람과 눈을 마주 보며 이름을 불러줄 수 있었다.

농부의 발걸음 소리에 곡식이 자라듯 선생님의 관심 속에 아이들은 성장한다. 그리고 그 관심은 이름을 불러주는 데서 시작된다. 그러나 사람의 이름을 기억하는 일은 생각보다 쉽지 않다. 게다가 한두 명도 아닌 수십 혹은 수백 명의 이름을 단기간에 기억한다는 것은 더더욱 어려운 일이다. 더욱이 요즘엔 코로나로 인해 모두들 마스크까지 끼고 있어 얼굴의 절반만 드러내지 않는가? 비록 상황은 이렇게 녹록지 않지만, 이름 부르기는 결코 소홀히 할 수 없는 소중한 일이다. 앞에서도 언급했듯이 이는 관계 맺기의 출발점이기 때문이다.

새 학기가 되면 선생님들은 그야말로 눈코 뜰 새 없이 바쁘다. 하지만 이 모든 것들을 잠시 접어 두고 아이들의 이름을 기억하자. 그리고 그 어떤 호칭보다도 소중한 그 이름을 불러주자. 부모님들도 '아들~', '딸~'이라는 호칭 대신 자녀들의 고귀한 이름을 따뜻하게 불러보자. 가끔은 부부간에도 '여보~', '누구 엄마, 아빠' 대신 연애 시

우리는 산골교사로 살기로했다

절 때처럼 다정하게 '○○ 씨'하고 불러보자. 처음엔 쑥스럽지만 익숙하던 사람이 새로운 의미로 다가오는 놀라운 경험을 마주할 것이다. 김춘수 시인도 노래하지 않았던가? '내가 그의 이름을 불러주기 전에는 / 그는 다만 / 하나의 몸짓에 지나지 않았다 // 내가 그의 이름을 불러주었을 때 / 그는 나에게로 와서 / 꽃이 되었다'라고. (2021.11.)

육하원칙의 세계

안성고등학교 교감 김영호

육하원칙이란, 기사 작성 시 담겨야 할 기본 요소로 '누가, 언제, 어디서, 무엇을, 어떻게, 왜'에 해당하는 여섯 가지 요소를 일컫는 말이다. 영어로는 'who, when, where, what, how, why'로 표현할 수 있는데 각각의 머리글자를 따서 흔히 '5W 1H'라 하기도 한다.

그런데 나는 이 육하원칙의 이론을 기사문 작성을 위한 수업뿐 아니라 평소 내 삶에 적용해 왔고, 때로는 학생들과 진로 상담을 할 때도 유용하게 활용해 왔다. 먼저 내 삶의 경우, '누가(who)' 해야 할지 애매한 일이 생길 때는 이왕이면 '내가' 하기로 하고, '언제(when)' 해야 할지 망설여지면 '지금 당장' 하기로 하고, '어디서(where)' 처리해야 할지 고민될 땐 문제를 다른 곳까지 짊어지고 가지 않고, 맞닥뜨린 '그곳'에서 처리하기로 했다. 또한 '무엇을(what)' 위해 사는지 의문이 들 땐 '행복한 삶'의 목적을 다시 한 번 상기하고, '어떻게(how)' 해야 할지 막막할 땐 일단 '부딪혀보기'로 하고, '왜(why)' 사는지 의문이 들 땐 내 삶이 주변 사람들에게 '선한 발자국이 되기'를 다짐했다.

그런데 돌이켜 생각해보면 그동안 내 나름으로는 좋은 부모, 훌륭한 선생님, 존경받는 어른이 되기 위해 치열하게 노력하며 살아왔다지만, 모든 것이 뜻대로 이루어졌다고 자신할 수는 없다. 다만 나름의 기준을 세우고 생활하다 보니 시행착오를 조금은 덜 겪었고, 때론 어쩔 수 없이 겪게 되는 시행착오 속에서도 또 다른 삶의 지혜를 얻을 수 있었음에 다소나마 위안을 삼을 뿐이다.

이러한 경험을 토대로 아이들과의 진로 상담에서도 육하원칙의 요소들을 활용하여 조언하곤 했다. 요즘 세태 탓인지 대부분 아이들은 자신이 좋아하는 일, 잘할 수 있는 일, 그래서 세상에 공헌하고 스스로 행복할 수 있는 일보다는 주변 사람들이 인정하는 직업, 혹은 단순히 연봉이 높은 직업만을 선호하는 경향이 있는 듯했다. 물론 자본주의 사회에서 돈 많이 벌고 사람들에게 인정받는 직업을 가지고자 하는 마음이야 인지상정이겠지만, 그렇다고 모든 사람이 특정 직업만을 가지고 살 수는 없는 노릇 아닌가? 의사만, 혹은 판검사만 5천만 명이라면 어찌 우리 사회가 제대로 작동할 수 있겠는가? 누군가는 나랏일을 하고, 누군가는 농사도 짓고, 또 누군가는 물건을 만들고, 다른 누군가는 장사도 해야 세상이 원활히 돌아가지 않겠는가? 다만 남에게 해가 되지 않는 일이라면 그것이 무엇이든 편견 없이 인정받고 합당한 대우를 받을 수 있는 사회가 되어야 함은 당연지사일 것이다.

그러나 우리 사회는 아직 자신이 좋아하는 일, 하고 싶은 일만 해도 먹고살 걱정 없이 자아실현도 하고 사회에 공헌도 하며 살 수 있는, 그런 이상적인 사회와는 거리가 있는 듯하여 아쉬운 마음이다. 비록 현실은 이러하지만 나는 진로 문제로 고민하는 아이들에게 육하원칙의 요소를 활용해 조언해본다. 어디서 무엇을 하며 사는 것도 중요하겠지만, 누구와 어떠한 관계를 형성하며 의미 있게 살 것인가 고민하는 삶이 진정 바람직한 삶이라고 말이다.

일본의 철학자이자 아들러 심리학 전문가인 기시미 이치로는 그의 제자인 고가 후미타케와 함께 쓴 『미움받을 용기』라는 책에서 다음과 같이 말하고 있다. "자네가 말하는 목적지에 도달하려는 인생은 '키네시스(kinesis)적 인생'[1]이라고 할 수 있네. 그에 반해 내가 말하는 춤을 추는 인생은 '에네르게이아(energeia)적 인생'[2]이라고 할 수 있을 걸세"라고 말하며 춤을 출 때나 여행할 때처럼 '지금, 여기'에 충실한 삶을 살라고 조언한다. 다시 말해 목적지를 향해 노력하는 과정, 그것에 충실한 삶을 살라는 것이다.

---

1 키네시스란 아리스토텔레스의 '목적론적 운동'을 말한다. 어떤 가능성이 있는 사물이 목적을 완전히 실현한 상태로 나아가는 과정으로, 정해진 목적을 향해 가는 운동이다.
2 에네르게이아란 현실태라고 하여 키네시스 중 목적의 완성보다는 '실현해가는 활동'에 초점을 맞춘다. 다시 말해 실현이 되어가고 있는 상태, 즉 '과정의 상태'에 있음을 뜻한다. 실행되고 있는 동시에 존재하고 있는 것으로, 그 자체로 완전한 가치를 지닌다.

우리는 산골교사로 살기로했다

과연 진로 선택에 있어서 세상이 모두 인정하는 특정 직업만 갖게 된다면, 혹은 많은 부를 축적할 수 있는 직업만 갖게 된다면 인생의 행복은 자연스럽게 따라오는 것일까? 꼭 그렇지만은 않을 것이다. 어쩌면 목적지에 쉽게 도달하지 못할지라도 과정의 소중함과 몰입의 즐거움을 느낄 수 있다면 그것이야말로 진정 자신에게 적합한 직업일 것이다. 그러므로 나는 우리 아이들의 진로 선택을 위해 '누가, 언제, 어디서, 무엇을, 어떻게, 왜' 이 육하원칙을 과감히 바꾸어 사용한다. '내가, 지금, 여기서, 내가 원하는 일을, 나의 자발적 의지로 선택하자'라고. '왜? 최소한 단 한 번뿐인 내 인생의 주인공은 바로 나여야 하니까.' (2022.06.)

우리 아이들에게 '행복'을 가르치자

전 무주고등학교 교사 | 현 무주신문 편집국장 박병오

'여러분, 행복하세요?' 내가 교실에서 만나는 학생들에게 자주 하는 질문이다. 이렇게 묻는 것은 학생들의 행복을 측정하려는 것이 아니다. 행복해야 한다는 것을 역설하고 싶어서다.

행복은 우리 인생 최고의 지향점이자 가치이다. 우리는 행복하기 위해 산다. 행복하기 위해 공부하고 운동하며, 일하고 사랑한다. 결국, 우리 인생의 크고 작은 모든 일이 행복을 목적으로 실행되고 있다고 해도 과언이 아니다.

행복(幸福, Happiness)이란 무엇인가? 사람마다 정의가 다를 수 있지만, 그것이 거창한 것, 멀리 있는 것이 아니라는 것에는 대체로 동의한다. 많은 행복 관련 보고서는 공통으로 행복의 중요 요소로 다음의 세 가지를 꼽는다. 즐거움, 의미, 몰입이 그것이다. (참조: 『행복』, 서울대학교행복연구센터)

행복하기 위해서 즐거워야 한다는 것은 '즐겁다'와 '행복하다'가 동의어로 사용될 정도이니, 굳이 설명할 필요는 없겠다. 그러나 이 즐거움이 단순히 순간의 쾌락과는 구분돼야 하기에, 그 즐거움에는 반드시 의미가 내포되어야 한다. 그래야 소명의 삶을 살고, 품격 있는 삶을 살게 된다. 또한, 일과 놀이와 사람에 취해 몰입할 때 좀 더 깊은 행복을 느낀다는 사실은, 이미 각 분야의 성취를 맛본 사람들이 증언하는 바다.

'인간은 행복하기 위해 산다'라는 명제가 옳다면, 사람들 대부분은 늘 행복해야 한다. 일순간 어쩌다 닥친 불행으로 잠시 힘겨운, 그 일부 시간만 빼고 말이다. 그런데 오늘을 사는 현대인들은 정녕 행복한가 묻지 않을 수 없다.

무주의 학생들은 언제 행복하고, 얼마나 행복할까? 우리 학생들은 절반 가까이가 현재 자신이 행복하다고 말한다. 고교생의 일과가 다람쥐 쳇바퀴 돌 듯 재미없는 일상의 반복임을 감안하면, 좀 놀라운 결과다. 일반적인 학생 행복 관련 각종 보고서의 결과는 무주의 현실보다 한참 처참하고, 그래서 상당히 염려스럽다.

무주의 학생들은 친구들이랑 놀(영화관, 노래방) 때, 음악을 들을 때, 일과를 마치고 잠자리에 들 때, 목표하던 바를 이뤘을 때, 좋아하는 아이돌을 생각할 때 행복하다고 한다. 때로는 제법 속 깊게 '살아 있다는 게 행복하다' '일상이 행복하다'라는 녀석들도 있긴 하다.

'행복은 마음에 달려 있다'고 한다. 그렇다. 행복을 좌지우지하는 환경을, 받아드리고 만드는 것은 각자의 마음이다. 그래서 행복은 주어지는 것이 아니라 만들어 가는 것이라고들 한다. 그런데 행복한 사람이 장수한다니, 행복은 마음에만 그치는 문제가 아니라는 얘기다.

그러면 어떻게 하면 더 많은 행복을 얻을까? 물론 같은 결과를 얻어도 만족감이 다르고, 행복을 느끼는 정도가 다를 수 있다. 하지만 행복이 무엇인지 알고, 누릴 방법을 알고, 그것을 극대화할 수 있는 능력을 키운다면 더 많은 행복을 누리지 않을까? 그래서 나는 학생들을 행복하게 해 줘야 한다는 시혜적 차원을 넘어, 학생들에게 스스로 행복한 삶을 만들어 가도록 '행복 교육'을 해야 한다는 일각의 주장에 힘을 보태고 싶다.

어른들이 학생들을 행복하게 해주는 데는 한계가 있다. 부모나 교사가 학생들을 행복하게 해주기 위해 환경을 조성해 주고, 그 속에 머물게 하는 것은 얼핏 그럴듯해 보여도 학생들을 행복 울타리 안에 가둬 놓고 사육하는 것과 같다. 물고기를 잡아주는 것이 능사가 아니고, 잡는 방법을 가르쳐 주라 하지 않는가?

왜 행복을 가르쳐야 하는가? 미국 예일대학에서 가장 인기 있는 코스가 '철학과 행복'이며, 하버드대와 서울대도 '행복'이란 강좌가 인기리에 개설·운영되고 있다. 시대가 변했다. 『사피엔스』의 저자 유발 하라리의 말처럼 4차 산업혁명 시대에 우리가 가르쳐야 하는 것은 수학과 과학이 아니라, 감정 지능과 마음의 균형이다. 즉 행복이다. 우리는 경제적으로 부유하고 엄청나게 많은 일을 하지만, 삶의 만족도, 즉 행복지수는 매우 낮은 편이다. 그 이유를 행복 수업으로 찾고, 행복 수업으로 해결해 보자

우리는 산골교사로 살기로했다

는 것이다.

'행복한 교육'이 아니고 '행복 교육'을 하자는 거다. '행복'은 '교육 방법'이 아니고, '교육 내용'이다. 즉 행복을 가르치자는 것이다. 서울대 행복연구소 소장 최인철 교수의 정의를 빌자면 결국, 행복 교육이란 '행복한 삶에 체계적인 지식을 제공하고 그에 기초한 자신과 타인의 행복한 삶을 위한 관점과 습관과 문화를 안내하는 교육'이다.

가르치더라도 잠재적 교육과정처럼 막연하게 말고, 공식적 교육과정으로 편성하여 가르쳐야 한다. 행복이 무엇인지, 행복한 삶은 그렇지 않은 삶과 어떻게 다른지, 행복하기 위한 방안은 무엇인지, 의미 있는 삶(품격 있는 삶)은 어떤 것인지를 가르치자. 그래서 아이들 스스로 행복한 삶을 꾸려 나가게 하자.

그것이 돈을 버는 방법이나 기계를 다루는 방법보다 더 중요하다. 이미 서울권 중심으로 많은 학교가 시작했다. '행복 교과서'도 만들어졌다. 행복을 가르치는 교사들도 꾸준히 양성되고 있다. 이제 발상의 전환만 있고, '앞서서 나가니 뜻 있는 자여 따르라'라는 선구자의 용기만 있으면 된다. 전북 교육, 아니 무주 교육이 그 선구자가 돼 보면 어떨까? (2019.05.)

고맙습니다. 잘 부탁합니다.

전 무주고등학교 교사 | 현 무주신문 편집국장 박병오

오늘로 교사로서의 만 30년의 삶을 마감한다. 지금까지 학생, 그리고 동료들과 충분히 행복하고 유의미한 생활을 해왔고, 또 정년까지 아직 9년이나 남아 있지만, 더 행복한 삶을 찾아 떠나기로 했다. 많이 부족함에도 교직 생활을 잘 해내도록 믿고 함께해준 그간의 나의 학생들과 동료 교사들에게 감사를 드린다. 특히 교직 생활의 마지막 5년을 보낸, 고향 무주에서의 인연들에게는 더 특별한 고마움을 전하고 싶다.

"여러분, 고맙습니다."

교사의 행복은 뭐니 뭐니 해도 가르치는 일일 게다. 내가 뭐라고 내가 가르치는 것을 하나도 놓치지 않으려고, 실수나 내 부끄러움조차 담아가려고 빤히 응시했나 싶다. 그 초롱초롱한 눈망울들…. 그 황홀했던 순간들을 어찌 잊겠는가? 때론 그 눈망울들과 마주치며, 고마워서 울컥하기도 했는데, 그런 학생들의 기대에 난 얼마나 부응했나 싶다.

열심히, 나름 최선을 다해 살았다지만, 어디 다 만족스럽고 다 떳떳하기만 하겠는가? 또 후회가 없을 수 있겠는가? 돌아보면 굽이굽이 아쉬움이 가득하고, 후회막급한 일들이 태산을 이루고 있다.

지난 교직 인생의 허물을 일일이 들춰내자면 지면도 부족하겠거니와 지저분하고 구차스럽기조차 할 것이니, 아쉬운 몇 가지를 고해함으로써 떠나는 이의 소회로 갈음하려 한다.

1. 최근에 『선량한 차별주의자』(김지혜)라는 책을 읽고 부끄러움과 참괴함에 벌거 벗고 광장에 선 듯했다. 나는 누구보다 '소수자'의 아픔에 관심을 두고, '양성평등, 공정, 형평성, 인권'이란 단어를 침 튀기며 빈번하게 언급하며 살았다.

그런데 내가 지닌 특권과 견줘보니 아뿔싸, 그간의 내 생각과 말과 행위들, 그 어디에나 차별이 묻어나지 않은 것이 없다. 장애인은 으레 희망이 없다는 듯 '희망을 가지세요'를 남발했고, 결혼이주민들에게는 '한국 사람 다 되었네요'를 칭찬으로 알고 주절댔다. 말과 의식의 괴리가 컸구나 싶고, 나도 별수 없는 '선량한 차별주의자'였구나, 통렬히 반성했다.

교사들은 페미니스트가 될 필요가 있다. 애당초 기울어진 판에서는 역으로 더 기울이지 않으면, 노력은 흉내로 그칠 뿐 무위로 끝나기 때문이다. 학교에는 여전히 여학생, 다문화, 성 소수자, 장애인 등 온갖 차별의 이름으로 상처받는 우리 학생들이 많다. 그 소임을 다하지 못하고 떠나니, 발걸음이 여간 무거운 게 아니다.

2. 나는 '선생님이라 그런가, 참 반듯하다'라는 말을 종종 들어왔다. 반듯하다는 말에는 질서와 규칙을 잘 지키고 늘 법을 준수한다는 의미가 내포돼 있다. 사실 욕이었는데 칭찬으로 알고 우쭐댔으니, 참 어리석다. 기존 질서와 규범에 순응하고, 현행법을 무조건 따르는 것이 '반듯한 삶'은 아니다. 정의는 '누구를 비난해야 하는지를 아는 것'이라고 했다. 그렇다. 진짜 바르게 사는 것은 기존 질서 속에서 고통받고 소외되고 차별받는 사람들과 함께하며, 그 고통과 소외와 차별을 끊어내고 새로운 질서로의 변화를 모색하는 것이다. 그렇게 사는 것이 진정 참된 교사의 삶이기도 하다. 그런 노력이 매우 부족했음을 자인한다.

3. 교사들은 학생들에게 꿈을 가지라 한다. 그리고 그 꿈은 이루어진다고 꼬드긴다. 단순한 충고나 권고 차원을 넘어 꿈을 가져야만 한다고 당위와 필연으로 협박한다. 그래서 학생들은 허겁지겁 꿈을 만들고, 내 꿈인지 네 꿈인지도 모르는 꿈을 좇기에 혈안이 된다. 그러다 보니 꿈을 갖지 못한 학생들은 뭔가 뒤처지고 덜떨어진 듯 열패자의 기분이 드는 것은 당연한 일이다.

꿈을 이뤄야 한다는 강박관념은 과정 자체에 의미를 두고 즐기기보다는 결과만 중시하는 사고에 빠진다. 이런 목표지향적 사고는 성공과 열매만 취하려는 삶을 지향하면서 필연적으로 삶의 주인이기보다는 노예로 살아갈 수밖에 없게 한다.

오늘날 학생들은 현재의 행복을 저당 잡혀 올지 말지 모르는 불확실한 미래의 행복을 얻기 위해 고군분투하고 있다. 교사들은 가만히 두기만 해도 저절로 행복한 학생들을 행복 전선에 내몰고 미래의 행복을 따오라 한다. '난 지금 이미 행복한데'라며 저항을 해보지만, 가상의 미래 행복에만 의미를 두는 교사들의 폭력에 속수무책일 수밖에 없다. 나도 그런 교사였음을 반성하고 고해한다. 부디 우리 학생들이 현재도 행복한 교육이 이루어지기를 소망한다.

철들자 망령이라더니, 내가 꼭 그 꼴이다. 퇴임하려니 하고 싶은 것도 많고, 나름 잘해낼 것 같은 근거 없는 자신감도 스멀스멀 올라온다. 여러 가지 아쉬움이 있어, 물러나는 이의 잔소리치고는 많이 과했다. 그래도 부탁이라고 곱게 들어주면 감사할 일이다. 올부터 3월 2일을 매우 편안한 일상으로 맞을 생각을 하니, 벌써부터 행복하다.

"여러분, 잘 부탁합니다." (2020.02.)

소통은 신뢰를 쌓는다

전 무주고등학교 교사 | 현 무주신문 편집국장 박병오

30년 동안 교단에 서 있으면서 거의 매년 담임을 맡았다. 수치상으로는 경력의 반만 맡아도 평균은 될 듯하니, 좀 과할 정도다. 어떤 직무도 그렇겠지만, 담임을 맡을 때는 무엇보다 소통이 중요하다. 해당 학년을 함께하는 동료 교사나 학급 학생들과의 소통은 물론이거니와, 학부모와의 소통 역시 중요하다. 소통이 신뢰를 만들어내니까.

일찍부터 소통의 중요성을 인지한 터라, 발령 첫해부터 학부모와의 소통을 위해 다양한 노력을 했다. 그 하나가 학부모에게 편지를 쓰는 거다. 지금이야 단톡방과 밴드를 통해 소통한다지만, 그때만 해도 전화와 편지가 전부였으니까.

성적표를 부칠 때도 항상 편지를 동봉했다. 여러 편지 중에 3월 초의 '인사 편지'는 무엇보다 중요하다. 학부모들은 새 학기가 되면 자기 아이의 새로운 담임교사에 대한 궁금증이 지대할 수밖에 없기 때문이다. 특히, 인생을 좌우지한다고 믿는 고3 시기는 더욱 그랬다. 대부분을 고3 담임을 맡았던 나는 그 점을 충분히 실감했다. 새 학기 편지는 이렇게 구성된다.

1. 인사

2. 개인 신상: 학력, 종교, 나이, 가정(자녀, 아내 소개)

3. 경력 소개: 교사 경력과 전임교와 현임교의 업무

4. 인성교육과 진로 교육에 대한 원칙

5. 학부모에게 부탁: 칭찬과 격려 필요, '해라'가 아닌 '할 수 있는 분위기' 마련, 가정 내 대화의 필요성, 담임교사와의 허물없는 연계지도 등

6. 학급 운영에 관한 약속: 어떠한 이유로든 차별 안 하기, 선생님 절대 권위 고집하지 않기, 고교의 의미와 추억 만들기 등 학급 운영의 방침

중간 중간에 보내는 편지는 주로 주요 학교 행사의 과정과 결과, 그리고 그 안에서 학생들의 활동 상황을 담았다. 알림장 같은 단순한 객관적 사실의 전달에 그치지 않고, 사적 편지처럼 진심을 담아 보낸다. 신뢰는 그 진심이 느껴질 때 오는 법이다. 물론, 새로운 문제를 야기할 수 있으니 주의가 필요한 부분이다.

학기 초의 가벼운 편지 한 장이지만, 학부모는 편지를 받고 이런 사람이면 안심해도 되겠다고 생각한다. 그리고 자기소개와 인사를 먼저 건넨 선생에게 고마움과 신뢰를 지니게 된다. 실제로 교직 생활 중에 학부모로부터 많은 지지와 응원을 받을 수 있었다. 그중에서도 내가 가장 큰 위기에 봉착했을 때, 도움을 주었던 학부모들을 잊을 수 없다.

2000년대 초 상호 갈등을 유발하며 학교 현장을 떠들썩하게 하게 했던 'NEIS 파동' 때 일이다. 지금 생각하면 정보화의 어쩔 수 없는 흐름이지만, 당시는 학생들의 성적과 활동은 물론 개인 신상과 보건 자료까지 탑재한다니, 학생 인권에 예민한 사람들은 발끈할 일이었다. 여기저기서 성명서와 시위 등 'NEIS' 반대 불길이 치솟았다. 당시 근무하던 학교도 반대하는 교사들이 모여 숱한 토론 속에 온갖 방안과 대안들이 오갔다.

교내에서 침묵시위를 통해 'NEIS'의 부당함을 알리자는 방안이 대두됐다. 당시 전교조 분회장을 맡고 있던 나는 적극 반대론을 펼쳤다. 교내에서의 시위는 너무 예민하고 위험한 문제라, 어디로 튈지 짐작할 수 없어서였다. 나의 격렬한 반대는 강경파의 목소리를 잠재우기에 역부족이었다. 결국, 점심시간에 중앙 뜰에서 마스크를 쓰고 현수막을 펼치고 침묵시위를 감행했다. 끝까지 반대했지만, 분회장으로서 강경파들을 따라나서지 않을 수 없었다.

여파는 엄청났다. 오후에 곧바로 열린 교무회의에서 3일간의 휴교와 기말고사 연기라는 교장의 초강경 대응이 나왔다. 휴교 기간 내내, 교무회의에서는 찬성과 반대

측의 대립과 갈등이 극에 달했다. 교육청에서는 특별감사를 통해 진상 조사와 징계 절차를 밟았다.

학부모들도 패를 지어 학교를 방문해 압박했다. 교장은 고3 담임을 맡고 있던 나를 담임 업무에서 배제하려고 했다. 교장이 당신 지위에서 할 수 있는 최대의 보복이자 징계이며, 혹시나 모를 학생의 동요를 최소화하려는 것이었다. 당시 '학사모'(보수 학부모단체) 소속 일부 학부모가 부추기고 동조했다.

그때 우리 반 반장의 엄마가 발끈했다. 여러 학부모와 함께 학교 측에 항의하며, '우리 선생님 지키기'에 나섰다. "우리 선생님은 이러이러한 분이고 이러이러한 일을 한 훌륭한 분이다. 이번 일과 연결 짓지 말라." 어찌나 강경하게 버티는지, 교장도 물러설 수밖에 없었다. 담임을 안 하면 더 편해질 일이지만, 중간에 쫓겨나는 불명예스러운 일은 이렇게 학부모의 도움으로 면할 수 있었다.

소통을 통해 신뢰를 쌓지 않았으면 쉽지 않았을 일이다. 소통은 그만큼 중요한 일이다. 크게는 정치부터, 작게는 교우 관계에 이르기까지 소통이 관계의 기본이다. 소통이 되지 않으면 신뢰가 쌓일 수가 없는 법이다. 신뢰가 없는 관계는 사상누각일 테니, 당연히 오래 갈 수도 없다. (2019.04.)

신규 시절의 교단 일기를 펼쳐보며

전 무주고등학교 교사 | 현 무주신문 편집국장 박병오

책장을 정리하다가 눈에 띄는 게 있어 펼쳐보니, 신규교사 시절의 교단 일기다. 대개의 내용이 좌충우돌하며, 지금 돌아보면 얼굴이 화끈거릴 정도라 도무지 끝까지 읽어갈 용기가 나지 않는다. 그중에서 정말 격세지감을 실감케 하는 일화에, 어이없는 웃음이 절로 이는 게 있다. 교단 일기의 한 토막을 소개한다.

1990년 4월 17일, 발령받은 지 한 달 갓 지난 어느 날의 일기다.

지난 10일부터 일주일간 교총 탈퇴 싸움이 있었다. 단단히 준비하고 조직적으로 움직여 결국 승리를 일궈냈다.

한 달 전부터 교총(교원단체총연합회) 탈퇴 싸움을 준비했다. 한 사람 한 사람 만나서 설득해 조직해 나갔다. A·B·C·D 선생님과 나, 이렇게 5명이 교총 탈퇴를 결의했다. 몇 사람이 더 있었지만, 이 싸움이 어디로 튈지, 어떻게 전개될지 종잡을 수 없으니, 결의가 굳건한 사람이 선발대로 나선 것이다.

서무과(현 행정실)에 내려가 다섯 명분의 교총 탈퇴서를 제출했다. 서무과 직원은 교장 허락을 받아오라 했다. '임의 단체라 탈퇴에 대한 자유가 있다. 교총 회비를 공제하지 말라. 계속 공제하면 사유재산권 침해로 문제 삼겠다. 월급 수령(당시는 직접 줬다)도 거부하겠다'란 요지로 옥신각신 언쟁을 벌였다.

당일 일차적으로 교장 측근인 '새마을과장(현 지역사회환경부장?)'의 회유가 시작됐다. 다음날 11일 아침 교무회의 석상에서 교장이 다소 노기 띤 목소리로 문제를 제기했다. '작년 1989년 5월에도 아무런 문제가 없던 우리 학교인데, 올해 들어 신규교사를 중심으로 이상한 움직임이 있다. 경거망동하지 마라'는 요지였다.

선배인 A 교사가 일어나 '교총은 임의 단체이니, 가입 탈퇴의 자유가 있다'라고 말하자, 교장이 중간에 말을 자르고 교총 탈퇴의 부당성과 교총의 정통성을 홍보해댔다. 참을 수 없어 '벌떡 교사'로 이미 낙인이 찍힌 내가 일어나, '교무회의에서 임의 단체인 교총을 홍보할 수 있다면, 다른 단체도 홍보할 수 있다는 말이냐?'고 물었다.

교장이 극도로 화가나 궤변을 늘어놓지 말라고 하더니, 느닷없이 이번 주에 2학년 특강을 하겠다고 선언했다. 내가 2학년 국어를 전담하니, 특강의 내용이 무언지 뻔했다.

다음 날부터 특강은 벌어졌고, 당연히 그 내용은 '교사 박병오는 누구이고, 전교조는 무엇인가'로 채워졌다. '박병오는 전교조 성향의 교사라, 그의 수법은 모두 전교조식이다. 전교조는 이러이러한 것이고, 박병오가 하는 학급신문, 면담, 낙서판, 학급문집 등의 모든 활동이 전교조 수법이다. 박병오가 가르쳐주는 노래는 다 의식화 노래다. 다 빨갱이 교사들의 수법이다. 박병오가 학생들에게 잘해주는 것은 다 속이 있다. 자기가 해직될 때, 학생들의 도움을 받자는 거다.'

내가 하는 일이 다 전교조에 길들어진 활동으로만 보였다는 거다. 하도 어이없고 화도 나서 교장실로 내려갔다. 교장은 나의 반박에도 굽히지 않고, 나의 행동 수정을 요구했다. 계속 대거리해봤자 의미 없을 듯해 '생각해보겠다'라고 했더니, 내 뒤통수에 대고 "그 생각해보겠다는 것이 바로 전형적인 전교조 수법이다"라고 소리쳤다. 언젠가 교장은 여러 전교조 관련 연수를 통해 당신은 '전교조 수법'에는 도가 텄다고 말한 적이 있다. 정말 도가 트긴 했나 보다 했다.

어쨌든 우여곡절 진통 끝에 교총 탈퇴를 해냈다. 다음 달에 2차 탈퇴도 잘 추진될 거라 믿어 의심치 않는다. 이제 탈퇴한 사람들을 어떻게 묶어 낼지를 고민해봐야 한다.

우리는 산골교사로 살기로했다

교총은 교사들의 결사체로 임의적으로 만든 단체이니, 당연히 가입 탈퇴의 자유가 보장돼 있다. 그런 단체를 탈퇴하는데, '탈퇴 싸움'이라 이름 짓고, 예상되는 대응에 다양한 전법을 마련하고, 대단한 전의를 불태우는 것을 요즘 교사들이 어찌 이해할 수 있을까?

예전엔 발령받으면 무조건 교총에 가입되고, 매월 회비가 자동 공제됐다. 교총을 탈퇴하면 빨갱이 교사로 낙인찍혔던 시절이라, 깨인 교사들은 교총 탈퇴를 '교사 바로 서기'의 시작점으로 인식했었다.

확실히 그때 비하면 격세지감이다. 우리 사회가 변하면서 교육 현장도 많이 달라졌다. 불필요한 갈등이 없어졌나 싶지만, 새로운 '불필요한' 갈등 요소가 생겼다. 새로운 게 생겼다기보다는 예전에 인지하지 못하던 문제가 비로소 불거진 것이겠지만. 학생 인권과 교권 침해, 그리고 직장 내 성희롱 등 성인지 관련 문제도 그중 하나일 것이다. (2018.07.)

목련 꽃잎은 떨어지고 철쭉은 피어 가는데

무주고등학교 교감 이영주

애들아 안녕?

'신입생 여러분과 새로 오신 선생님, 진심으로 환영합니다'라는 현수막을 읽으면서 들어서는 낯선 교정에 대한 설렘을 느끼지도 못하고, 벌써 2개월이라는 시간이 훌쩍 지나가 버렸구나.

어떠니? 다들 별일 없이 건강하게 지내고 있는 거지?

4월 16일 즈음이면 세월호를 기억하느라 부산스럽게 행사를 준비하면서 현수막도 걸고, 등굣길에 노란 리본도 매달고, 추모식도 하고 그랬었는데. 올해에는 그저 밍밍하게 보내면서 우리들의 마음속에서 세월호가 잊혀지는 것은 아닐까 하는 걱정과 미안함이 드는구나. 여기저기 코로나 19로 모두 다 숨쉬기조차 어렵다지만, 우리 꼭 세월호 언니 오빠들 기억하면서 안전한 나라, 더 좋은 사회를 만들자고 다짐하자.

참, 이미 학교 뒷산의 벚꽃은 다 시들고 잎사귀가 나오는 것은 다들 알고 있지? 생각나니? 매년 벚꽃 화창한 날에 "선생님, 우리 야외수업 가요!" 하고서, 선생님이 "너희 반, 어제 ○○시간에 갔다 왔지 않아?"하고 답하면, "어제 벚꽃하고 오늘 벚꽃하고 달라요" 하면서 합창하던 목소리. 올해는 왜 그리도 벚꽃이 더 활짝 피었던지, 벚꽃을 볼 때마다 너희들의 "벚꽃이요!"하는 목소리가 들리는 듯했다.

너희들 온라인 개학에 이제 많이들 적응했지?

아침마다 담임 선생님께 출석 확인하고 모든 교과 선생님의 온라인 학습과 이런저런 과제를 제출해야 한다며, 답답한 집안 생활로 학교를 많이 그리워하는 친구들이 있다던데. 선생님도 마찬가지야. 아무런 반응도 없는 카메라 앞에서 혼자 떠들면서 동영상 만드는 것보다, 교실에서 지지고 볶고 하는 너희들이 모습이 그립단다. 점심시간 식당에서 맨 앞줄에 서게 되는 호사를 누리게 된 3학년의 재잘대는 모습, 학교생활 적응되었다고 공부든 말썽이든 드러나 보이는 2학년의 자존심 빵빵한 모습, 어쩐지 백 미터 앞에서도 어색함과 긴장감이 느껴지는 앳된 신입생의 모습들. 매년 학기 초면 볼 수 있는 일상 모습들이 선생님도 그립단다. 그런 서로 보고 싶은 그리움을 잊지 말고, 오프라인 개학하면 서로 소중히 여기면서, 사이좋게 지내도록 하자.

봄이 완연하고 벌써 여름은 꿈틀대는데 아직도 겨울방학 잠을 자고 있는 학생들이 간혹 있다고 부모님들이 이야기하던데. 설마, 그런 모습은 아니지? 이번 코로나19로 생긴 이상한 상황으로 부모님과 더 이상한 관계를 만들지 않도록 노력하자. 집안일-특히, 화장실 청소-도 도우면서, 하루 30분이라도 같이 책-특히, 고전서적-도 읽고, 한 끼 식사-특히, 짜빠구리-도 만들어 드리며, 굳은 의지-특히, 게임에 대한 절제-를 보여드리는 모습은 어때?

작년에 1차 고사는 4월 24일부터 26일까지 3일간이었고, 5월 1일부터 3일까지는 수련 활동, 그리고 5월 9일과 10일이 체육대회를 했었단다. 이런 모든 일정이 뒤로 미루어지거나 2학기로 옮겨지면서, 너희들이나 선생님들이나 모두에게 최초로 겪는 낯설고 이상한 상황이 되었구나. 하지만 고사는 필수적으로 치르는 만큼, 지금 하고 있는 온라인 학습도 어느 정도 비중을 차지할 것이란다. 좀 더 집중하고 미루지 말고 날짜에 맞춰 꼬박꼬박 잘해주길 바란다. 온라인 질문도 하고, 전화로 물어보면서 스스로 배움의 자세를 견지하고, 자기 주도적 학습 습관을 이번 기회에 잘 만들어 나가길 바란다.

선생님은 이제 다음 주의 온라인 수업 준비와 너희들의 온라인 출석 확인, 과제 제출을 점검하고 피드백해야 한다. 선생님이 뜬금없이 전화하더라도 놀라지 않길 바란다. 어느 때는 너희들이 온라인 학습을 제대로 하지 않아 전화하겠지만, 그저 너희들의 목소리가 듣고 싶고, 얼굴이 보고 싶어서 전화하고 싶을 때도 있으니까.

5월이 되고 코로나 19도 물러가고, 우리들의 일상이 다시 예전처럼 빨리 되돌아왔으면 싶다. 뒷동산의 목련 꽃잎은 점점 떨어지고, 울긋불긋 철쭉꽃이 여기저기서 피어나는데. (2020.05.)

우리는
산꽃교사로
살기로했다

진우, 보아라

무주고등학교 교감 이영주

쉬운 듯 어려운 일이 있고, 어려운 듯싶지만 쉬운 일이 있단다. 손편지를 쓴다는 일이 그렇다. 그저 종이 놓고 펜 들면 일도 아닌 것 같지만 바쁜 일도 밀쳐놔야 하고 분위기도 잡아야 하고, 게다가 온전히 한 생각만 해야 하니 쉽지만은 않은 일이지.

스승의 날을 맞아 부끄러운 듯 휙 던지고 간 분홍색 쪽지 위에 쓴 너의 짤막한 감사의 편지를 책상에 둔 채 답장을 쓴다. 꽃무늬 편지지도 아니고 예쁜 필체도 아니고 긴 글도 아니지만, 샘은 너의 쪽 편지를 소중하게 간직하고 있었단다. 네가 샘을 오롯이 생각한 것처럼, 나도 언젠가는 온전히 너만을 생각하면서 답장해야겠다고 생각했고, 오늘이 그날이구나.

다른 무엇보다도 진우, 너의 최고의 스승이 되어서 기쁘구나. 샘이 어떻게 다가가고 어떻게 대해줬는지 잘 모르겠지만, 네가 순수하게 샘을 읽어줘서 고맙다. 모든 것들이 너와 나처럼 사심 없이 그렇게 순수하게 맺어지고 끊어졌으면 싶구나. 뭔가 하나도 제대로 읽지 못해 서로 의심하고 미워하지 않으면서, '그냥', '그냥'으로 지냈으면 얼마나 좋을까 싶구나. 너와 나처럼 그저 순수하게 만나서 '그냥' 이야기하고, 그저 고맙고 고마워하면 좋은 세상이 될 텐데. 그러다 그냥 그렇게 살고 그냥 그렇게 떠나고. (너무 심각하게 생각하지는 말고 ㅎㅎ)

요즘 진우의 머릿속에 무엇이 있을까 궁금하구나. 매번 이야기하고 느끼지만, 공부는 나중에 필요하면 할 수 있는 것이고 진정 지금 네가 하고 싶은 일을 잘 찾아야 할 텐데 싶다. 오늘 인천의 어떤 직업훈련학교에서 고등학교 3학년 위탁 교육을 소개하는 전화가 왔었다. 샘도 궁금해서 몇 가지 물어보고 끊었지만, 요즘 4차 혁명이네 그린스마트 시대 입네 하는 시대 상황에 중장비가 괜찮은 선택이 될지 확신이 서질 않는구나. 어려운 형편에 지금이 중요한데 그러한 이야기가 너에게는 선택지로 보이지 않는구나. 샘도 지천명의 나이에 살고 있지만 인생이라는 것이 내 뜻대로 되는 것은 아니고, 여하튼 샘의 고민은 조금이라도 너에게 도움을 주고 싶은 맘뿐이란다.

위탁 교육은 아직 한 학기 정도의 시간이 남았으니까 좀 더 시간을 두고 같이 고민하면 되겠고, 하나 당부하고 싶은 것은 남은 한 학기 아무런 생각 없이 고등학교 2학년 시절을 보내지 말았으면 하는 말이다. 요즘 읽는 책에 이런 말이 적혀 있더구나. '현재 속에 과거가 녹아있고, 현재는 미래를 품고 있다'고. 품은 미래가 한 마리 멋진 새가 되어 자유롭게 비상할지 아닐지 또한 우리가 만드는 업에 달려 있다는 말도 있고. 만약 위탁 교육을 간다면 지금이 마지막 학창 시절이 되는 거나 마찬가지인데, 내년엔 너에게 체육대회도 없고 방학도 방학 같지도 않고, 친구도 다를 것이고, 더군다나 샘들도 너와 함께 못할 것이고. 너의 미래를 위한 준비로 배우는 거야 내년에 시작하지만, 학교를 떠나기 전에 기타 치며 '옛사랑'을 불러주든, 예쁜 그림엽서로 프러포즈하든, 유행하는 춤을 한번 춰보든, 아니면 땀 뻘뻘 흘리면서 운동장을 뛰어다니든, 멋진 추억들로 채워야 하지 않을까.

넌 돈 많고, 부모 당당하고, 머리 똑똑하고, 어떻든 고등학교 3학년 마치고 대학가는 애들하고는 완전 다른 것인지. 여타 친구들하고는 다르게 너는 지금이 고등학교 3학년인 게야. 졸업이 내년 2월인 셈이고, 남은 학창 시절을 아껴 현재에 미래를 품었으면 싶다.

만날 때마다 잔소리인데 여기서도 잔소리 일색이구나. 너의 순수한 마음이 샘의 순수한 충고를 잘 받아들여 줬으면 하는 바람이다.

진우야, 우리 언제 헤어질지 모르지만 샘도 너의 최고의 스승이 될 수 있도록 계속 노력하마. 진우도 샘의 최고의 제자가 되었으면 싶단다. 서로 열심을 다해 보자. 샘도 사랑한다. (2021.07.)

우리는
산골교사로
살기로했다

A군 이야기

무주고등학교 교감 이영주

지난 3월 2일 개학 첫날, A군은 새로운 담임 선생님과 한바탕 전쟁을 치렀다. 청소 구역을 정하면서 자신의 말을 무시하고 담임 선생님이 대다수 아이들의 말을 들으며 배정하게 되자 화가 났던 모양이다. 사건의 정점은 교무실에서 씩씩거리는 태도와 거친 표현, 그리고 교무실 문을 발로 차면서 뛰쳐나가는 순간이었다. 여러 과정과 단계를 거치면서 사건은 일단락되었고 A군에 대해 좀 더 관심을 두게 되었다.

　A군은 평범하지 않았다. A군에게 미인정 결과는 아주 편안한 시간이었다. 학교생활에 전혀 관심이 없고 그저 자신을 인정해주고 어울려 주는 친구가 있어서 학교에 나올 뿐이었다. 선생님의 시각에서 보면 아무런 의욕도 없이 친구들과 떠들고, 점심밥 먹고, 학교 끝나면 친구들과 어울려 밤늦게까지 돌아다니는 대책 없는 학생이었다. 마음속에 무슨 꿈을 품고 있는지, 무슨 계획을 가지고 있는지 알 수 없었다. 그저 수업 시간에 바깥에 나와 핸드폰을 들고 무얼 그렇게 하는지, 볼 때마다 걱정과 한숨이 나올 뿐이었다.

　봄이 지나고 여름이 가고 가을이 저무는 긴 시간 동안 담임교사와 교과 교사, 주위의 많은 선생님들이 A군을 위해 계속 노력을 기울였다. 수많은 상담과 면담, 공적이며 사적인 접촉과 학부모 상담 등. 하지만 이런 노력은 시간이 가도 변하지 않았다. 시간이 갈수록 점차 진학과 진로에 대해 고민이 깊어지는 친구들 사이에서, 철없는 아이처럼 취급되며 같이 놀아줄 친구조차 없는 처지에 놓이면서 교실 밖 방황은 더욱 길어만 갔다.

　11월 초의 일이다. A군에게 학교와 교사라는 존재는 더 이상 아무런 의미가 되지 못했다. 숙려기간을 거쳐 담임교사의 한숨 소리와 어머니의 흐느낌 속에, 결국 자퇴서를 제출하고 초겨울 차가운 바람과 함께 학교를 떠나버렸다. 무엇이 부족했을까, 어떤 노력을 더 기울여야만 했을까, 학교라는 공간과 고등학교 학창시절 시간이 엄청 소중하다는 이야기를 주야장천 늘어놓았건만.

A군이 학교를 떠난 사건은 일간 학생들 사이에서 논쟁거리가 되는 듯싶더니, 일간 치킨 가게에서 저녁 시간에 닭 굽는 일로 아르바이트를 하면서 그렁저렁 지낸다는 소문이 있었다. 점차 기억 속에서 잊혀져 갔다. 공들여온 정성에 배반감도 느껴지고, 학생들의 어느 구석은 믿지도 못하겠고, 한동안 침울한 시간이었다.

평년보다 따뜻했다는 11월의 날씨가 왠지 피부로 와 닿지 않았고, 12월은 더 을씨년스럽기만 했다. 기대할 것도 없이 그저 2차 고사가 끝나면 성적처리를 마무리하고, 긴 겨울방학의 시작과 함께 종업식과 졸업식으로 학년을 마무리한다. 1년의 교육 농사를 짓고 수확을 헤아려 보면 헛헛한 기분이 드는 이유는 A군 때문이었을까.

지난주 A군의 어머니로부터 전화 한 통을 받았다. A군이 내년에 학교로 다시 돌아오고 싶어지라고 하는데 가능하냐고. 그러기 위해서 코로나 19 백신주사를 맞아야 하는데 지금껏 접종하지 않고 있다는 하소연과 함께 협박(?)을 해주십사 하는 부탁이었다. 당장 전화를 들었다.

"야, A군아, 통닭 잘 튀기고 있나? 내년에 컴 백 투 스쿨이라고? 언제든지 환영하지, 근데 네 친구들이 이제 선배인데 선배님이라고 부를 수 있겠어? 뭐라고 얼어 죽을 선배? 그런데 말이야…"

부지런하며 지식에 대한 목마름이 있는 사람이라면,
교사로서 수업의 경험 부족과 방법론적 미숙함은 큰 문제가 아니다.
지식의 부족 역시 괜찮다.
하지만 교사가 아이에 대한 믿음이 없다면,
자신의 사소한 실패에도 우울해 하고 환멸을 느낀다면,
아이에게서 기대할 것이 아무것도 없다고 확신한다면,
더 이상 학교에 머물 이유가 없다.

이런 교사는 평생 아이와 자신을 고문할 뿐이다.

- 바실리 수호믈린스키: 『아이들은 한 명 한 명 빛나야 한다』 중에서 -

(2021.12.)

참 스승이신
고(故) 이순일 선생님께 올립니다

무주고등학교 교감 이영주

선생님, 저 영주예요.

그곳에서 평안히 지내시는지요.

선생님이 그리 쉽게 떠나신 지 그새 5년이란 세월이 지났습니다. 살아 계실 적에 자주 연락드리고 뵈었어야 했는데, 뭐든 지나고 나서 후회하는 일들이 다반사입니다. 선생님을 생각하면 항상 죄송한 마음뿐입니다.

저는 선생님을 처음 뵙던 날을 정확히 기억합니다. 고등학교 2학년 때였으니까 아마 1981년 3월이겠죠. 고등학교 평준화 이전에는 거친 학생들로 소문난 우리 학교에, 평준화 제도가 시행된 첫해에 입학한 저희를 위해 제대로 가르쳐 보려고 하는 이사장님의 특단의 조치로 유능한 선생님을 몇 분 모셔 왔습니다. 그중 한 분이셨던 분이 선생님이셨죠. 전교생이 모여있는 운동장의 중앙 조회대를 향해, 새까맣고 눈이 조그마한 평범한 시골 농부의 얼굴과 꾸부정한 몸짓으로, 2층 계단을 터벅거리시면서 내려오시던 모습을 아직도 기억하고 있답니다. 서울의 모 학원에서 국어 강사로 한참 잘 나가시던(?) 선생님을 언제쯤 한 번 뵙게 될까 했는데, 결국 고 3이 되어서야 담임교사로 인연을 맺게 되었습니다.

선생님의 재미지던 수업 이야기를 지나칠 순 없답니다. '홍진에 뭇친 분네 이 내 생애 엇더ᄒᆞᆫ고 ~', '나랏말ᄊᆞ미 듕귁에 달아 문ᄍᆞ와로 ~' 등 상춘곡과 훈민정음을 어찌 그리 잘 풀어주셨던지. 아직도 읊조리던 한 구절이라도 나오게 되면 아는 체를 한답니다. 하지만 뭐니 뭐니해도 선생님 강의에서 압권은 송강 정철의 '관동별곡'이었습니다. 가보지도 못한 금강산과 관동팔경의 내용을 가지고 우둔한 저희를 이해시키느라 흰 백묵을 손끝에 묻혀가시면서 강해 하시던 모습. 저는 선생님의 열강도 기억하지만, 바지 주머니의 하얀 분필 가루를 어떻게 털어내실지 쓸데없는 걱정도 하곤 했답니다. 아쉽습니다, 그런 모습을 동영상에 담아 놓았으면 보고 싶을 때 두고두고 볼 수 있으련만.

고 3 막바지, 받아 든 학력고사 성적표를 보고 기대했던 결과를 얻지 못하며 방황하던 저에게, 선생님은 저의 진로를 추천해주셨습니다. 추천이라기보다는 어머니를 앞세워 강요했다고 해야 맞을 듯싶습니다. 생각지도 못한 사범대학 — 솔직히 그 당시에는 사범대학에서 무엇을 하는지조차 모르고 있었습니다. 제가 마지못해 입학한 사범대학에서 얼렁뚱땅 1학년을 마치고 재수한답시고 헛심을 썼지만, 결국 교사가 되었습니다. 학창 시절에 저는, 저의 미래를 진정 이렇게 설계하지 않았습니다. 어쩌면 선생님이 저를 위해 꽃길을 미리 펼쳐 놓지 않으셨던지요. 그 꽃길을 제가 한 발자국씩 걸어와서 이제 30년이라는 세월이 훌쩍 지났습니다.

제가 교사가 된 후 선생님께서는 저를 부르실 때, '영주야'라고 부르지 않으셨습니다. 꼭 '이 선생'이라고 불렀습니다. 선생 — 묵직함이 느껴집니다. 학생을 가르치는 사람이라는 말뜻보다, 무엇인가 깨어있고 앞장서고 제대로 해야 한다는 의미로 읽혔습니다. 선생님이 저에게 보여주시고 베풀어주셨던 모습 그대로, 저도 제대로 된 선생이 될 만한지 지난 세월을 짚어 봅니다. 앞으로 남은 교직 기간만이라도 제대로 된 '이 선생'이 되도록 노력하겠습니다.

선생님, 존경합니다.

이제 저와는 다른 세상에서 편안히 계시겠지만, 저의 모습을 잘 지켜봐 주시길 부탁드립니다.

부디, 영면하십시오. (2022.05.)

우리는 산골교사로 살기로했다

우리는
산꽃교사로
살기로했다

우리 아이들이 봄꽃임을

무주고등학교 교감 이영주

한겨레신문을 읽다 보면 날 선 비판의 시사 기사 못지않게, 잡다하면서 쓸모있는 재미난 연재물들이 많이 있다. 격주로 싣고 있는 '오늘도 냠냠냠'이라는 서울과 경기도 주변의 전통 맛집을 소개하는 기행 만화는, 한 번도 가보지는 못했지만 꼭 가고 싶은 맛집 소개를 만화로 그려내며 '언젠가는…' 하는 기대와 희망을 품게 한다.

또 다른 코너로 '노동효의 지구 둘레길'이라는 연재가 있다. 노동효라는 여행작가가 지구 풍경과 삶의 베일을 벗기기 위해, 대륙을 옮겨 다니며 여행하는 사진과 글을 흥미롭게 싣고 있다. 그의 파란만장한 여행기는 이런 곳에 저런 사람이 있나 하는 호기심을 자극하고, 그들의 삶을 조금이나마 이해하게 되는 단서를 제공한다. 그가 쓴 글 중에서 이런 글이 맘에 와 닿아 몇 자 적어본다.

사진을 찍으려는데, 빗방울이 떨어지기 시작했다.
아름다운 것들은 느긋하게 즐길 여유를 주지 않는다.
봄꽃이 그렇고, 청춘이 그렇듯…
(2021.03.06. 한겨레신문 '노동효의 지구 둘레길' 중에서)

올해 고등학교를 졸업한 학생들과는 1학년 때부터 만나서인지 더욱 정겨웠다. 물론 스포츠동아리 배구부 활동으로 많은 시간을 같이 운동하면서 서로를 잘 알아갔기에 그랬을 것이다. 그것뿐 아니다. 코로나 19 직격탄을 맞아 다채로운 학교 활동에 제약이 많이 있었지만, 틈틈이 모여 연극 연습을 하고 우리만의 무대를 만들어 공연도 하면서 나름대로 의미 있는 추억을 쌓기도 했다. 이런 졸업생들은 지금, 이 순간 대학과 사회라는 낯선 환경에 적응하느라 고생하고 있을 것이다. 아니, 고생이라기보다는 새로운 환경을 즐길 수도 있고, 뭔가 새로운 일을 기대할 수도 있을 것이다.

하지만 시간이 지나면 누구나 고등학교 3년간의 학창 시절을 그리워한다. 학창 시절에는 아무렇게나 가로질러 걸었던 운동장도 그립고, 매 쉬는 시간 떠들어대던 복도도, 시끄럽게 수다 떨던 식당 줄서기와 서슴없이 들락거리던 교무실도 모두 다 그리워진다. 아마, 빠르면 한 달이 채 되기도 전에, 쑥스럽게 교무실 문을 열면서 '선생님~!'하고 낯선 걸음을 할 것이다.

어제는 주말을 맞아 지리산 자락엘 다녀왔다. 어느 곳이든 매화꽃은 이미 피고 지었고, 산수유꽃이 활짝 피어있었다. 이제 개나리꽃과 벚꽃이 서서히 필 것이다. 이미 졸업하고 교정을 떠난 아이들은 매화꽃이었다면, 고등학교 2, 3학년이 되는 재학생들은 활짝 핀 산수유꽃이 되겠다 싶다. 갓 들어온 신입생들이 이제 개나리꽃과 벚꽃이 된다. 하지만 지나고 나서 매번 아쉬운 것은 이 꽃이 활짝 핀 아름다운 시간을 느긋하게 즐길 여유가 없다는 것이다. 빠르기가 꽃이 피고 지는 것처럼 눈 깜짝할 새다. 반별로 입학식 기념사진 찍고 뒤돌아서면, 가족들과 함께하는 졸업식 축하 사진 찍기이다.

지난 시간을 돌아보면 고등학교 학창 시절이 가장 아름다운 시간이 아닌지 싶다. 치기 어린 시절도 그때고, 인생을 결정짓는 중요한 선택의 순간도 그때고, 무엇보다도 평생지기 친구를 만드는 시기도 그때이다. 아마 첫사랑의 추억을 만드는 시기도 그때일 듯싶다. 이런 아름다운 시기에 그저 매몰차게 성적 이야기로 몰아세우고, 옆에 있는 친구를 경쟁의 대상으로 일컬으면서, 뭐든 못 쫓아가면 이해하려 하지 않고 윽박지르는 게 우리 학교 현장이 아닌가.

영원히 변하지 않고 피어만 있을 것 같은 꽃 같은 아이들은 떠났고, 교정은 또 다른 꽃인 새로운 아이들이 피려 한다. 이 봄날에 한 번이라도, 짧게라도, 우리 아이들이 봄꽃임을 기억하자. 봄꽃이 그렇고, 청춘이 그렇듯, 시간은 열심히 흘러가고 우리 아이들은 금방 우리 곁을 떠나기 마련이다. (2023.03.)

우리는
산골고사로
살기로했다

칭찬의 힘

전 무주고등학교 교사 | 현 무주중학교 교사 정용문

"선생님! 저는 칭찬받은 적이 한 번도 없어요. 혼난 기억밖에 생각 안 나요."

'잘한다고 칭찬받은 것들을 모두 써보세요'라는 질문지를 받고서 아이들이 하는 얘기다. 학기 말을 맞아 고등학교 생활기록부의 진로 활동란 기록을 위한 기초조사 작업을 진행하면서 아이들로부터 자주 듣는 이야기다.

이런 이야기를 들으면 마음이 복잡해진다. 일단, 아버지로서 자식들을 얼마나 칭찬해주면서 살아왔던가. 그리고 지금까지 가르쳐왔던 제자들에게는 또 얼마나 칭찬에 인색했는지 생각하면서 스스로 반성을 해본다. 재빨리 분위기를 바꾸어서 그 학생이 살아온 바를 되짚어 생각해보면서 몇 가지 칭찬을 해주고 적으라고 하면 그 아이는 무척 즐거워한다.

또, "혼난 기억은 많니?"라고 물어보고, 그것을 뒤집어 생각해보라고 권한다. 아마 그것이 칭찬의 내용일 수도 있다고. 동작이 굼뜨다고 혼났다면 매사에 '신중하다'라는 칭찬일 수도 있고, 너무 촐랑대면서 신중하지 못하다고 혼났다면 '판단이 빠르다'라는 칭찬일 수도 있다고. 남들을 의식해서 발표하기를 멈칫거리는 학생들에게는 주위에 민감하고 남들을 배려하는 능력이 뛰어날 가능성이 있으니깐, '주의력이 좋다, 배려심이 뛰어나다'라고 쓰라고 권한다. 사람은 잘해서 칭찬받는 것이 아니고 칭찬받다 보니 더 잘하게 되는 것이라고 말해주면서, 스스로에게 많은 칭찬을 쏟아보라고 주문한다.

이러한 결과와 다양한 직업적성검사, 그리고 그 학생에 대한 관찰을 바탕으로 진로 활동란에 다음과 같이 기록해준다. '평소 관찰력이 있다, 분석적이다, 눈치가 빠르다, 순발력이 있다, 판단이 빠르다, 운동신경이 좋다, 정의감이 투철하다 등과 같은 칭찬을 자주 들었으며, 본인의 과학적이며 탐구적 능력과 민첩한 신체활동 능력을 활용하여 사람들의 안전과 생명을 지켜주는 소방관의 직업에 부합하는 적성을 가진 것으로 판단됨'이라고.

"자존감이 강한 아이로 키우는 것이 중요한데, 어떡해야 자존감이 높아지나요?"라는 질문을 다른 선생님들로부터 자주 받는다. 두말할 필요 없다. 칭찬을 많이 해줘야 한다. 칭찬을 많이 받고 자란 아이는 어떤 상황에서도 자신에 대한 성공의 믿음이 굳건하다. 어지간한 상황에서도 흔들리지 않는다. 그래서 정신적으로 건강하고 안정되어 있다. 그만큼 자기 존중감이 강해져 있는 상태이기 때문이다.

반대로 맨날 혼나면서 자란 아이는 어떻겠는가? 아마 가슴에 여러 군데 구멍이 뚫려있고 금이 가 있을 것이다. 그 기간이 길면 길수록 구멍은 커지고 금은 더 굵어지고 길어졌을 것이다. 그래서 조그마한 충격에도 금방 쓰러져버릴 것만 같은 위태로운 상태로 하루하루를 버티면서 살아가지 않을까. 구멍이 파이고 금이 가기는 순식간이지만 그 구멍과 금을 메우기는 무척 어렵다. 어쩌면 몇십 배의 노력이 더 필요할지도 모른다.

아이들에게 칭찬을 해주면 일거양득의 효과를 거둘 수 있다. 아이의 자존감을 높여주어 심리적으로 절대 쓰러지지 않는 건강한 인간으로 성장시키는 거름이 되고, 그 아이가 자기 능력을 제대로 파악하여 올바른 진로를 결정하게 하는 기초가 되기 때문이다. 현재 학교에서 상담 및 진로 업무를 담당하는 교사로서, 이 두 가지 일을 모두 성공시키는 힘은 '칭찬'으로부터 나온다고 굳게 믿고 있다.

무주의 학부모님께 주문하고 싶다. 매일 한 가지씩 자녀들을 칭찬을 해보라고. 물론 칭찬하려고 해도 칭찬할 만한 일이 마땅히 보이지 않을 수도 있다. 온통 혼낼 일만 가득할지도 모른다. 그래도 꾹 참고, 앞에서 언급한 대로 뒤집어서 칭찬을 해보라고 말하고 싶다. 처음에는 부모와 자녀 모두 어색할 수 있지만, 시간이 지나면 아이가 바뀔지도 모른다. 아이들이 자신의 단점이나 잘못을 모르는 것이 결코 아니다.

우리는 산골교사로 살기로했다

다만 고치려는 노력에 투자할 힘이 없기 때문에 시도하지 않을 뿐이다. 부모로부터 칭찬받는다면 그러한 힘이 스스로 길러지지 않을까.

이 거친 세상을 헤쳐 나가는 힘은 '칭찬'에서 나온다는 사실을 한시도 잊지 마시길 바란다. (2019.08.)

'사회적 거리 두기'를 생각하면서

전 무주고등학교 교사 | 현 무주중학교 교사 정용문

코로나19 사태로 '사회적 거리 두기'가 강조되고 있다. 사람들과 어울리기를 좋아하는 나에겐 무척 힘든 일이다. '사회적 나'보다는 '개인적 나'를 되돌아보는 시간으로 삼으려고 애써보지만 역시 답답하기는 마찬가지다. 아이들도 난리다. 몰래 학교에 왔다 가면 안 되냐고. 자기 주도 학습실이라도 열어주면 안 되냐고.

본인의 의지와는 관계없이 '사회적 거리 두기'를 몸소 행하는 아이들을 학교에서 종종 본다. 이들에게는 지금 상황이 어떻게 받아들여질까. 역설적이게도 그 아이들의 모습이 아른거린다. 관계 맺기에 실패하여 어쩔 수 없이 '사회적 거리 두기'를 하는 아이들. 개학하자마자 이들을 빨리 찾아내고 대책을 마련하는 일이 매우 중요하다.

그래서 개학하면 의례적으로 하는 일이 있다. 점심을 빨리 먹고 교실을 한 바퀴 도는 일이다. 혹시 이런 아이들은 없는지 살펴보기 위해서다. 교실을 돌면서 홀로 남아 있는 아이를 만나면 점심을 거르는 이유를 물어본다. 대개는 '배가 고프지 않아서' 또는 '속이 안 좋아서'라고 대답하지만, 반복적으로 눈에 띄는 아이라면 대인관계를 의심해봐야 한다. 그리고 담임 선생님에게 상황을 전달하고 상담을 진행해보라고 한다. 물론 나도 지속적으로 그 아이를 관찰하면서 대책 마련에 고심한다.

이런 아이의 경우, 문제 해결이 쉽지는 않다. 본인이 친구 관계에서 입은 상처가 깊어 더 이상 '관계 맺기'를 거부하는 경우가 많기 때문이다. 설상가상으로 유치원부터 고등학교까지를 똑같은 아이들과만 다니는 무주 같은 시골 학교에서는, 한 번 대인관계가 어그러지면 회복하기가 여간 쉽지 않다. 하지만 문제가 발견되기만 해도 아이의 학교생활은 달라질 수 있다. 관심을 두는 선생님이 계시기 때문이다. 또, 때로는 선생님의 노력으로 친구들과의 오해가 풀려 문제가 해결되기도 하고 새로운 아이들과 관계 맺기에 성공하기도 한다.

점심시간은 교육 활동에서 매우 중요한 시간이다. 밥 먹을 때만큼 아이들의 관계가 잘 보일 때가 없기 때문이다. 그래서 이 시간이 근무 시간에 포함된 이유가 아닐까. 대개 아이들이 잘 보이는 방향으로 식탁 자리를 잡고 앉는 편이다. 밥 먹는 관계만 잘 살펴봐도 아이들의 생활지도에서 많은 정보를 얻을 수 있기 때문이다. 남자아이들은 들어오는 순서대로 앉지만, 여자아이들은 언제나 친한 아이들끼리만 앉는다. 만약 여자아이가 줄곧 함께하던 친구들과 떨어져서 앉아 있다면 관계에 문제가 생긴 것이고, 그로 인해 여러 가지 생활문제가 발생할 수 있으니 예의 주시하면서 살펴본다.

인간은 '관계'에서 발생하는 문제로 제일 힘들어한다. 그리고 그 문제를 풀어가는 것도 무척 힘들다. 인간은 사회적 동물이기 때문이다. 이런 문제에 학교가 선제적으로 대응할 수 있는 바람직한 방식 중 하나가 '관계를 고려한' 학급편성이다. 대개 학급을 편성할 때 성적만을 고려하는 경우가 많은데, 더 중요하게 고려해야 할 것들이 '관계 문제'다. 따라서 아이들 집단에 대해서 제일 잘 아는 전년도 담임들이 함께 모여 차기 학년 반편성을 하는 것이 좋다. 이런 치밀하고 섬세한 선생님들의 노력이 즐거운 학교 분위기를 만들어내는 힘이 된다.

'관계 문제'를 풀어가기 위해 또래 상담 동아리를 운영해보는 것도 좋은 방법 중 하나다. 아이들은 또래와 제일 잘 통하기 때문이다. 그리고 그들에게 절실히 필요한 것도 친구이기 때문이다. 아이들 중에는 '관계 문제'로 힘들어하는 아이를 돌보는 데서 보람을 느끼는 특별한 유전자를 가진 아이들이 있다. 또, 상처를 입어본 경험이 있는 아이들 중에는 다른 아이가 입은 상처에 쉽게 공감하여 돌봐주고 싶어 하는 마음이 간절한 아이도 있다. 이런 아이들을 모아 함께 문제 해결에 나선다면 양쪽 모두가 성장하는 계기가 될 수도 있다. 또래 상담 동아리 운영과 관련하여 시·군지역의 청소년 상담복지센터에 요청하면 많은 도움을 받을 수 있는 것으로 알고 있다.

학교에서 아이들 사이에 발생하는 '관계 문제'의 근간에는 경쟁만을 강조하는 입시 위주 교육과 절대적으로 부족한 인권 감수성 교육이 자리하고 있다. 경쟁을 벗어

우리는 산골교사로 살기로했다

나 서로 돕고 협력하는 학교문화를 만드는 일, 인권 감수성을 교육하는 일. 모두가 우리 교사들의 몫이다. 최근 우리 교육에서 강조되고 있는 민주시민 교육을 통해 인권 감수성을 높이는 일에 교사들이 함께 나섰으면 좋겠다. '관계 문제'로 힘들어하는 아이들이 없어지는 그 날까지. (2020.03.)

"제 꿈 좀 찾아주세요"

전 무주고등학교 교사 | 현 무주중학교 교사 정용문

"선생님, 제 꿈이 뭔지 모르겠어요. 제 꿈 좀 찾아주세요."

상담하러 온 아이들의 첫마디가 대개 이렇다. 찾아온 아이와 함께 적절한 상담 시간을 잡고 나서 곧바로 그 아이의 적성검사 결과를 찾아서 본다. 결과를 봐도 아이가 좋아하는 것, 잘하는 것을 당최 알 수가 없다. 무엇을 좋아하는지, 무엇을 잘하는지에 대한 성찰 능력이 부족한 아이는 검사 결과에서도 적성에 대한 뚜렷한 데이터가 없는 경우가 대부분이다.

혹시나 해서 어려서부터 꿈을 물어보기도 하고, 어떤 칭찬을 자주 들었는지, 언제가 즐거웠는지 등 다양한 질문을 해보지만 딱히 아이의 진로를 판단할 수 있는 단서를 잡아내기가 쉽지 않다. 마지막으로 직업 카드를 놓고 자신이 좋아하는 것과 싫어하는 것을 분류하게 하고, 그 이유를 물어본다. 그러나 이 역시 잘되지 않는다.

이런 아이는 한 시간의 상담으로는 진로 문제가 풀리지 않는다. 스스로를 성찰하는 능력이 부족하기 때문이다. 자신을 성찰하는 기회와 경험을 일상화하도록 지도해야 문제가 풀린다. 진로에서의 성찰은, 수양을 쌓는 템플스테이 같은 수련 과정을 통해서 얻어지는 것이 아니다. 친구들과 놀거나 협업하면서 얻어진다. 그 과정에서 자신의 위치와 역할이 파악되고, 활동 과정에서 자기 적성에 대한 성찰도 자연스럽게 이루어진다. 자신의 목소리로 활동을 평가하게 하는 과정이 들어있다면 자신을 성찰하는 능력을 키우는 데 도움이 될 것이다.

자신의 좋아하는 것과 잘하는 것을 헷갈리는 아이들도 많다. "네가 잘하는 것이 무엇인지는 부모님이 더 잘 알 거야, 그리고 네가 좋아하는 것은 너 자신이 잘 알 거야"라고 말해준다. 주변 사람들과 자주 소통해야 진로 결정에 도움이 된다. 특히, 잘할 수 있는 능력에 대한 판단에서만큼은 그렇다. 좋아하는 것과 잘하는 것이 다른 학생들도 가끔 만난다. 이런 아이들은 가치관을 보고 진로를 결정해야 한다. 금전적 보상, 사회적 인정, 직업 안정 등 외적 가치관이 강한 아이에게는 잘할 수 있는 일을 추천한다. 성취, 지식 추구, 자율성 등 내적 가치관이 강한 아이에게는 좋아하는 일을 추천한다.

아이들의 진로와 진학 업무를 전담하는 진로진학상담교사로 전과한지 벌써 9년째다. 아이들에게 올바른 역사의식을 심어주는 것도 중요한 일이지만, 자신을 제대로 알 수 있게 도와주는 일도 보람 있는 일이라고 생각하게 하는 시간이었다. 진로교사로서 해왔던 다양한 활동 중에서 '상담하는 시간'이 최고의 보람이었다. 아이에게도 도움이 되었겠지만, 나 스스로가 성장하는 시간이었다고 생각되기 때문이다. 그런 점에서 진로활동의 꽃은 '상담'이라고 다른 진로 선생님들께 설파하고 다닌다.

학교에서 진행하는 진로 상담은 대개 1시간 만에 끝내는 짧은 상담이다. 그래서 문제 해결 중심의 상담으로 진행한다. "어떤 어려운 점이 있니?"가 첫 번째 질문이다. 문제가 해결되면, "더 궁금한 점은 뭐니?"라고 질문하면서 상담을 이어간다. 모든 상담이 마찬가지겠지만, 진로와 진학 상담에서도 만족스러울 때는 "선생님, 감사합니다. 덕분에 저 자신을 확실히 알게 되었습니다"라고 신나 하면서 상담실을 나서는 학생을 볼 때이다. 모든 아이가 자신의 꿈을 찾아 신나게 살아가는 모습을 고대하면서 오늘도 진로 상담을 이어간다. (2020.11.)

우리는
산골교사로
살기로했다

다시 만난 중학교 아이들

전 무주고등학교 교사 | 현 무주중학교 교사 정용문

벌써 오월이 다 가고 있다. 무주중으로 발령받아 온 게 엊그제 같은데 말이다. 얼마 전까지만 해도 잘 보이던 무주고와의 차이들이 어느새 눈에 들어오지 않는다. 학교 구조 때문에 복잡해진 동선부터 쓰레기 분리수거 문제까지. 무척 어색하고 적응하기 힘들었는데, 이젠 모두 익숙해졌다. 불과 석 달 만이다.

무주고에서 무주중으로 떠날 때 고등학교 아이들이 나를 두고 걱정을 많이 했다.

"선생님! 중학교에 가면 절대 웃지 마세요. 아이들에게 무섭게 대해야 해요."

아이들의 걱정이 허튼소리로 들리진 않았다. 33년의 교직 생활에서 중학교 생활은 고작 5년인데, 8년 전 무주중학교에서의 2년간이 제일 힘들었기 때문이다. 그땐 수업을 진행하기가 힘들었다. 그래서 화를 내면, 아이들은 나를 마치 동물원의 원숭이 보듯 했다. 다시 수업을 진행하면 또 아이들은 딴지를 걸었다. 그때 힘들었던 날들이 지금도 트라우마로 남아 있다.

2년 만에 무주고로 자리를 옮겼고, 그 아이들도 나를 따라왔다. 고등학교에서 만난 그녀들은 분명 같은 아이들인데, 예전의 그녀들이 아니었다. 학년이 올라갈수록 눈에 띄게 달라졌고, '사람'이 되기 시작했다. 마치 종단연구를 진행하듯, 아이들을 지켜봤다. 그때 내린 결론은 그 시기가 사춘기라는 것, 그리고 그것을 제대로 인지하고 이해하는 것이 좋은 교사가 되기 위선 필수적이라는 사실도 깨달았다. '북한이 남침하지 못하는 것은 중2가 무서워서'라거나 '지랄 총량의 법칙에 따라 중학생 때가 아니면 고등학생이 돼서라도 반드시 드러난다'라는 말에 고개가 끄덕여지던 경험이었다.

그리고 8년 만에 다시 찾은 중학교다. 그때의 트라우마에 고등학생들의 충고까지 더해지니, 그전에 얻었던 믿음에 금이 가면서 은근히 걱정이 시작됐다. 2월 하순쯤에 인사차 미리 들른 무주중학교 교무실에서 안면이 있던 선생님께 오죽했으면 이런 질문을 던졌을까.

"선생님, 아이들을 어떻게 대하는 게 좋을까요. 웃어야 하나요? 인상 써야 하나요?"

그 선생님 왈 "에이! 선생님 원래 모습대로 하세요."

단박에 결론을 내려주셨고, 그 순간 모든 고민도 함께 사라졌다. 지금 생각해보니, 그때 했던 고민이 얼마나 우스꽝스러운 것이었는지 모르겠다. 지금의 중학생들은 8년 전의 중학생들이 아니었다. 사춘기가 초등학교로 내려갔나 보다. 다시 수업으로 만난 중학생들을 한마디로 평가하면, 3학년은 안쓰러워 죽겠고 1학년은 귀여워 죽겠다.

중학교 3학년들은 정말 불쌍하다. 이미 혹독한 세상을 다 알아버린 느낌이다. 무주고로 진학할 수 있는 학생이 절반밖에 안 된다는 사실을 그녀들 모두가 다 안다. 황금돼지띠여서 많이 태어났고, 그만큼 경쟁도 치열해진 탓이다. 그래서 시험에 목숨을 건다. 고등학생들보다 입시 스트레스가 더 심하다. "선생님! 시험공부 할 자율학습 시간 좀 주세요." 시험이 한 달도 더 남았는데, 어떤 학생이 던진 말이다. 시험에 학생들이 민감하게 반응한다고 어떤 선생님께서 알려주셨다. 사실임이 시험 기간에 입증됐다. 아이들다워야 할 한창나이인데 세파에 찌들어버린 느낌이다.

중학교 1학년들은 정말 귀엽다. 여전히 초등학생 같다. 바닥에 뒹굴고 서로들 힘자랑하는 모습에서 원초적 본능마저 느껴진다. 흔들 그네가 마련된 학교 중정은 언제나 1학년들 차지다. 그저 천진난만할 뿐이다. 단지 나이가 어리기 때문이 아닐 수도 있다. 시험을 안 봐도 되는 자유 학년제가 1학년 아이들에게 이런 자유를 주었는지도 모른다는 생각이 들었다.

문제는 역시 경쟁이고, 시험이다. 세상에 똑같은 정답이 어디 있겠는가. 하지만, 학교 시험에서는 모두에게 똑같은 정답만을 요구한다. 갖은 상상력과 창의력은 묵살된다. 4차 산업혁명 시대에 필요한 능력은 무엇이고, 현재의 시험제도는 과연 어떤 의미를 가질까. 아이들의 모습을 통해 현재의 시험제도를 다시 생각해보게 된다. (2022.05.)

우리는
산꽃고사리
살기로했다

나를 깨우치는 제자들

전 무주고등학교 교사 | 현 무주중학교 교사 정용문

"선생님! 저 설천고 제자 황○○입니다."

엊그제 출근길 펑크 난 차 때문에 신청한 긴급출동 서비스 차량에서 내린 건장한 청년이 첫마디로 건넨 말이다.

"아니! 설천에 그 ○○이란 말이야!"

"네, 선생님!"

내 눈을 의심하지 않을 수 없었다. 몇 번을 보고 또 봤다. 중·고등학교 때의 철부지의 모습은 전혀 찾아볼 수 없었다. 얼굴형 등 겉모습만 달라진 게 아니다. 얼굴 표정과 눈빛, 그리고 전체적인 풍모에서 중후함이 묻어나는 등 모든 게 다 달라 보였다. 하기야, 지금 몇 년이 지났는가. 헤아려 보니 정확히 20년 전에 만난 제자다. 그 제자에게 차량 견인을 부탁한 후, 수많은 생각이 오갔다.

무주에 오래 살다 보니 그런 제자를 만나는 게 한두 번이 아니다. 그때마다 꽂히는 생각이 딱 하나 있다. 그땐 왜 공부가 전부인 것처럼 굴었을까 하는 것이다. 가볍게 생각은 시작되지만 끝내 맘이 무거워지고야 만다. 요즘 무주에서 만나는 제자들은 재학 당시 공부 대열에서 이탈한 아이들이 대부분이다. 그들은 당시 학교 교육제도에 대한 반항아였고, 저항아였다. 그런데, 교사들은 그 아이들을 한마디로 '문제아'로 낙인찍어버리곤 했었다. 20년이 지난 지금, 소위 그 '문제아'들이 무주를 이끌어갈 채비를 하고 있다. 세월의 무게를 넘어서는 중후함과 진중함으로 무주의 저변을 일구고 있으며, 언젠가는 무주를 전면에서 이끌어 갈 청년들이다.

돌이켜 생각해보면 그땐 상위권 대학 진학에 목매달았다. 지독히도 가난했던 나의 어린 시절이 당시 설천고 아이들을 통해 클로즈업되었기 때문이다. 시험 점수를 높여 좋은 대학에 보내는 것이 교육에서의 시작이자 끝이었다. 그때만 해도 그게 최선은 아닐지라도 차선의 방법은 될 거라 믿었기 때문이다.

공부시킨다는 명목으로 아이들을 철저히 통제했다. 설천지역이 관광지여서 아르바이트가 성행했고, 그 과정에서 아이들이 일찍 경제에 눈뜬 것마저도 통제의 수단으로 활용했다. 소위 '벌금제'가 그것이다. 자치 기구인 학급 회의를 통해 자율적으로 운영되는 형식을 취하고는 있었지만, 사실은 담임교사의 의도가 철저히 반영된 제도였다. 벌금제는 시간이 갈수록 점차 진화해갔다. 지각을 따지는 표준시각 기준을 무엇으로 정할지 학생들 사이에서 뜨거운 논쟁도 벌어졌다. KT 시간으로 할지, SK 시간으로 할지가 쟁점이었다. 아이들 스스로가 담임의 통제 굴레 속에 완벽하게 들어온 것이다. 속으로 흐뭇하게 웃었던 기억이 지금도 선하다. 학생 자치 기구를 자치 역량을 키우기 위한 목적이 아니라 통제를 위한 수단으로 삼고 말았으니. 입시의 굴레 속에 스스로를 가두고 만 것이다.

다른 학급의 아이들이 교실로 들어오는 것도 철저히 통제했다. 쉬는 시간도 공부하는 분위기를 조성해야 했고, 친한 친구를 만나는 시간마저도 아껴야 한다는 신념에서 나온 조치였다. 방학이나 토요일 또는 공휴일마저도 아이들은 정해진 시간에 맞춰 등교해야 했다. 오직 쉬는 날은 일요일밖에 없었다. 그렇게 통제는 완벽한 시스템을 갖추었다. 그 통제의 시스템에서 튕겨 나간 일부 아이들은 소위 '문제아'로 낙인찍혔다.

요즘 그 '문제아'들이 나에게 큰 가르침을 주고 있다. 공부보다 더 중요한 것이 있다고 삶으로 보여주고 있다. 소위 '공부 좀 한다'는 아이들은 지금 무주에 없다. '문제아'들이 남아서 무주를 지키고 있다. 굽은 나무가 선산을 지킨다는 옛말이 틀리지 않은 것 같다. 공부가 전부가 아니라는 사실을 느지막이 깨닫고 있다. 그들이 나를 깨우치고 있는 셈이다. 정년이 머지않았는데 말이다. (2022.08.)

우리는
산꽃교사로
살기로했다

우리가 걸어
길의 꽃이되자

아직 꽃피지 않은길 많으니 우리가
걸어 길의 꽃이 되고 우리가 걸어 길의
단풍이 되면 어느 길인들 아름답지 않으랴

나무처럼

나무들이 어여쁜 것은
큰나무도 작은 나무도
모두 스스로의 뿌리로
서 있기 때문입니다

장작 몇 개라도
모닥불 피울 수 있습니다
쪼개어 쌓으면
여러 번 손 녹일 수 있습니다

구름산자락에서

창문을 열면 바람이 들어오듯
마음을 열면 마음이 들어오고
생각을 열면 생각이 들어온다

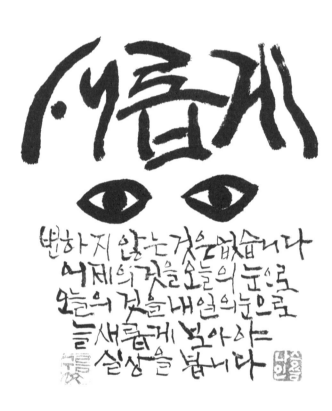

새롭게

반하지 않는 것은 없습니다
어제의 것을 오늘의 눈으로
오늘의 것을 내일의 눈으로
늘 새롭게 보아야
실상을 봅니다

따뜻한 손 잡으면 따뜻한 손
차가운 손 잡아주면 따뜻한 손

2부

교육
칼럼

햇살 한 줌

날카로운 플라스틱조각으로도 쉬이 굽혀지지 않던
자동차 유리의 섬세가 한줌 햇살에 스르르 녹아
없어지는것을 보았습니다 따뜻한 마음이 온세상
녹이는 것을

구름산방에서

EBS 교육방송 시청이 답인가?

적상중학교 교장 김만호

EBS(교육방송)는 중고등학교 내신 성적부터 수학능력시험까지 공교육을 보완하고 사교육비 경감을 이루고자 설립된 교육 국영방송이다. 설립된 이래 E-Leaning의 선두 주자로 장애인을 위한 화면을 개설했고 수학능력시험에 70% 연계 정책을 안착, 상위권 학생을 위한 강좌를 개설하였고 2017년 사상 초유로 지진에 의해 시험이 연기되었던 상황에서도 〈파이널 체크포인트 1123〉 프로그램으로 발 빠르게 대처하여 호응을 얻기도 하였다.

그러나 이 문제는 곰곰이 생각해 볼 여지가 있다. 아마도 동서고금을 통해 문제풀이식 교육이 시행되고 있는 나라는 '대한민국이 유일한 국가가 아닐까?' 생각한다. 세계 어느 나라가 정부 기관에서 문제풀이 방송을 하고 시험 문제를 내는 곳이 있는가? 기네스북에 오르고 세계 역사박물관에 보존할 일이다.

작금에 행해지는 강의식, 문제풀이식 교육은 공영방송에서 가장 비교육적 방법으로 교육하는 일이다. 폐쇄적으로 문제풀이 하는 일은 스스로 창의력과 능력을 가두는 일이다. 창의적인 생각을 문제풀이로 가두어 두어서는 안 된다는 이야기다. 문제풀이식 교육은 문제를 풀어나가는 하나의 방법일 뿐이다. 근본 원리를 쉽게 가르친다는 것은 쉬운 일도 아니고 시간이 걸리기도 한다. 그렇다고 과정을 생략하고 문제만 푸는 것은 Instant Baby를 만들기를 바라는 것과 같다. 사회와 학부모들은 이렇게 문제를 잘 풀어내는 사람은 '족집게 도사', '스타강사'라 칭송하며 곧바로 최고의 연봉을 받고 온라인 강사로 진출하기도 한다. 부끄럽기 짝이 없는 현실이다.

왜 반드시 객관적이어야 하는가? 내 삶의 문제를 남의 관점에서 봐야 하는 분명한 기준이 있다는 이야긴가? 지난 6월 12일 싱가포르 북미정상회담이 끝나고 미국 트럼프 대통령이 기자회견 할 때, 트럼프 대통령이 끝 무렵에 우리나라 기자에게 마지막 질문할 기회를 주었다. 1시간 이상 외신기자들의 질문 공세 속에서도 한국 기자들이 그때까지 질문하지 않았던 것이다. 그제야 2명의 한국 기자가 질문에 나섰다.

한반도의 운명이 걸린 문제에 대해 한국 기자들이 소극적 자세를 보인 것은 이해하기 어려운 일이다. 2010년 G20 서울정상회의 폐막 기자회견 때에는 오바마 대통령이 한국 기자에게 질문해 줄 것을 요청했지만 나서는 한국 기자가 없어 결국 중국 기자가 질문했던 사례도 있었다.

유대인 부모는 아이가 세 살만 되면 글을 가르친다. 히브리어는 물론이고 영어, 독일어, 프랑스어도 가르친다. 외국어를 억지로 배우게 하지 않고 스스로 재미를 느껴 공부할 수 있도록 하는 것이 핵심이다. 그리고 질문을 많이 하도록 한다. 유대인 부모는 아이가 말수가 적고 얌전하면 자발성이나 사회성이 떨어지는 것으로 본다. 유대의 속담에 '말 없는 아이는 잘 배울 수 없다'는 말이 있다. 창의성이 중시되는 세상에서 대화와 토론을 통해 논리적으로 분석하고 사고하는 능력을 키우는 것은 성공하는 데 필수적이다.

우리나라 부모들도 유대인들 못지않게 교육열이 높다. 다만 성적서열 위주의 입시제도로 인해 정보화·개방화 사회에 필요한 인적 자본 육성이 안 되는 점이 문제다. 입시 경쟁에서의 승리, 부모의 한 풀어주기에 집착하여 정작 사회에서 요구되는 필요한 능력과 전문성은 익히지 못하고 사회에 나오는 것이다. 창의적 아이디어와 발표를 통해 국제적으로 자기 분야를 리드해 나가지 못한다면 결국은 뒤처지게 된다.

신규 교사들은 보면 부러운 것이 많다. 스마트한 매너, 아름다운 활력, 명민함, 학생들과 격의 없는 어울림. 그런데 한 가지 동의하기 어려운 부분이 있다. 그들 상당수가 본인 학창 시절 선생님들의 강의수업이 그대로 답습하고 있다는 점이다. 정작 본질이라 할 수 있는 수업 방법에 대한 고민이 부족하다는 느낌이다. 아마도 교원 임용고시에 초점이 맞추어져 있다 보니 그런가? 교원은 국가나 사회 또는 학부모들의 요구에 따라 학생을 교육하는 것은 맞지만 교육 방법은 교원 스스로 선택해야 한다고 생각한다. 그것이 교육방송의 문제풀이식 교육이 된다면 우리의 미래는 어둡다.

마이크 주커버그나 빌 게이츠는 이미 30대 초반에 세계 부자가 되었고, 그 자신의 창작물을 세계인과 공유하고 그가 모은 돈을 상당수 사회에 기부하고 있다. 미래 교육의 핵심 가치인 배려, 협력, 공감 교육으로 가기 위해서는 토론 교육, 프로젝트 수업 등 창의력이 나타나는, 교사만이 이루어 낼 수 있는 수업이 이루어져야 한다. 더디 가도 계속 걷다 보면 새로운 길이 열린다. 이런 점에서 교육의 가장 기본인 글쓰기 교육과 발표 수업이 대안이 될 수 있다고 본다. 듣기보다 쓰고 발표하고 공감하는 것이 기본이며 튼튼한 반석이 되어야 아름다운 집이 완성될 수 있을 것이다. (2018.09.)

부끄럽지만 잊지 말아야 할 역사

적상중학교 교장 김만호

8월 광복절을 즈음하여 부끄러운 역사와 진정한 극일(克日)에 대해 생각해 보게 된다. 초중등 학생들의 현장체험 학습지 중에 가장 인기 있는 장소로 꼽히는 곳이 롯데월드이다. 일단 들어가면 끝나는 시간이 아쉬운 곳이다. 더구나 지상 555m 높이의 롯데월드 타워와 쇼핑몰까지 들어서 학생들에게는 선망의 대상이 될 수밖에 없다. 그런데 롯데월드 바로 앞 석촌호수 모퉁이에 우리 민족 치욕의 상징인 삼전도비가 있다는 사실을 아는 학생들은 거의 없다. 흔히 조선 시대의 2대 국치(나라의 치욕) 하면 바로 병자국치와 일제강점기가 시작되는 경술국치이다.

병자국치는 1636년 청나라의 침략으로 발발한 병자호란의 패배로 인한 굴욕을 말한다. 김훈이 쓴 소설을 토대로 5년 전 〈남한산성〉이란 영화가 제작되었다. '비굴해도 생존을 택해 항복하느냐', '세자를 내놓지 말고 대의를 지키기 위해 결사 항전을 하느냐'를 놓고 치열한 논쟁을 벌였던 영화의 한 장면이 어른거린다. 인조는 높은 단상에 앉아 있는 청 태종 앞에 끌려나가 '삼배구고두(三拜九叩頭, 무릎을 꿇고 양손을 땅에 댄 다음 머리가 땅에 닿을 때까지 3번 조아리는 동작을 3회 되풀이하는)'라는 예를 올렸다.

실록엔 차마 기록하지 않았으나, 야사에 의하면 이때 인조의 이마에 유혈이 낭자했다고 하니 이만저만한 치욕이 아닐 수 없다. 전쟁의 여파로 인조의 두 아들인 소현세자와 봉림대군이 인질로 잡혀가고 수십만 명의 조선인이 포로로 끌려가는 등 패전국의 아픔을 톡톡히 겪게 되었다. 청에게 포로로 이끌려 팔려 갔다가 겨우 돌아온 환향녀(還鄕女)는 '화냥년'이 되고, 그들이 낳은 아이들은 오랑캐 자식이라는 '호로자식(胡奴子息)'으로 불리는 등, 큰 고통을 남기게 되었다.

굴욕스러운 유물은 철거되어야 하며 치욕적인 역사는 잊어버려야 하는 것일까? 치욕스러운 역사를 잊으면 치욕스러운 역사가 되풀이된다. 치욕스러운 역사를 기억

한다는 것은 치욕을 불러온 원인과 잘못을 기억하는 것이다. 그것은 정묘호란을 겪었음에도 아무 대비도 없이 청나라를 도발한 인조 임금의 무모함, 도요토미 히데요시가 선전포고했음에도 1년 동안이나 허송세월한 선조 임금의 어리석음 등이다. 구한말의 경술국치와 일본 강점기의 치욕에 대해서는 잘 알고 있는 내용이어서 생략한다.

지금은 한·일 간의 관계가 회복하기 어려운 지경에 이르렀다. 한국을 '수출 절차 우대국(화이트리스트)'에서 배제하는 아베 정부의 선공(先攻)으로 한·일 경제전쟁의 막이 올랐다. 아베(스가) 정부가 자유무역 원칙을 무시하고, 대한(對韓) 수출규제에 나선 이유는 명백하다. 한국 대법원의 강제징용 배상 판결에 대한 보복이 직접적 이유지만, 더 큰 이유는 따로 있다. 이참에 경제적으로 한국의 기를 확실하게 꺾어놓는 동시에 1965년 한·일 국교 정상화로 구축된 한·미·일 협력 체제에서 한국을 고립시키는 것이다. 이에 따른 안보 공백을 동력으로 헌법을 개정해 일본을 군대를 보유한 보통의 국가로 바꾸는 것이 아베(스가)의 속셈이다.

대통령은 "우리는 다시는 일본에 지지 않을 것이고, 충분히 일본을 이길 수 있다"고 했지만, 극일(克日)은 말로 하는 것이 아니다. 진정한 결의는 말이 필요 없다. 말은 줄이고, 행동으로 보여줘야 한다. 극일을 위한 행동의 요체는 자유민주주의 국가에서 각자 맡은 본분과 소임을 다 하는 것으로 생각한다. 정부는 정부의 일을 제대로 하고, 학생은 학생의 일, 학부모는 학부모의 일을 제대로 하는 것이다. 지금 우리에게 필요한 것은 배타적 민족주의에서 비롯된 편협하고 왜곡된 애국심이 아니라 자유민주주의의 성숙한 시민의식이다. 자유민주주의의 힘으로 일본을 눌러야 한다.

다만 잊지는 말자. 우리는 어려운 환경 속에서도 시련을 극복한 역사에서는 긍지와 자부심을, 굴욕스러운 사건에서도 교훈을 얻어야 한다고 믿는다. 학생들은 현장

우리는 산골교사로 살기로했다

체험 할 때 롯데월드에 간다면 꼭 석촌호수 모퉁이에 있는 삼전도비를 찾아보기 바란다. 또 시설이 잘 갖추어진 천안 독립기념관도 추천한다. '역사를 잊은 민족에게 미래는 없다'라는 말이 귓가를 맴돈다. (2021.09.)

세월호 8주기와 아동 안전

적상중학교 교장 김만호

세월호 8주기가 지나갑니다. 온 국민의 가슴이 숯검정이 되었는데, 벌써 8년이 지난 모양입니다. 우리도 이러한데 직접 당한 분들이야 오죽하겠습니까? 뻥 뚫린 가슴, 시커멓게 타버린 가슴은 재만 날리고, 어디로 가는지, 왜 살아야 하는지 알지 못한 체 인고의 시간을 보냈으리라 생각합니다. 한국인 의식 속에는 절제하는 브레이크보다는 속도를 내는 액셀러레이터가 지배적입니다. 빨리 성공하고, 빨리 돈 벌어야 하는 조급함과 각박함이 본능처럼 흐르고 있습니다. '빨리빨리' 문화는 한국이 선진국으로 부상하는 데 원동력이 되었지만, 이제는 균형과 절제력을 잃으면서 한국을 침식시키는 부식제가 되고 있습니다.

화물을 너무 적재한 것만 제때 점검했어도 참사를 막을 수 있다고 지적하지만, 법과 규정을 안 지킨 것이 어디 세월호뿐이겠습니까? 한국 사회 곳곳에 부정부패가 겹겹이 쌓이고, 무사안일, 적당주의가 켜켜이 쌓인 사회에서 또 다른 세월호가 시한폭탄처럼 기다리고 있습니다. 국민의 기본의무인 병역과 납세는 국가 지도자들일수록 법을 악용해 교묘하게 빠져나가고 있습니다. '소 잃고 외양간 고친다'는 격이긴 하나, 다행스러운 것은 산업현장과 학교에서 법과 안전교육이 의무화되고, 안전한 환경이 곧 행복이라는 상식이 통용되기 시작했다는 점입니다.

매년 11월 19일은 아동학대 예방의 날입니다. 짧은 생을 마감한 '정인이 사건'은 현재진행형입니다. 정인이 사건 이후 아동학대 예방에 대한 사회적 공감대가 형성되고 있음에도 불구하고 사각지대는 여전해 보입니다. 재작년 통계를 보면 아동학대로 인해 모두 43명의 귀중한 생명을 잃었다고 합니다. SNS에 퍼진 '정인아 미안해' 챌린지의 폭발력은 우리 사회의 트라우마로 자리 잡았습니다. 이 사건은 아동학대를 넘어, 입양아를 키우는 선량한 부모들 가슴에 깊은 생채기를 냈고, 입양이라는 화두를 다시 던졌습니다.

우리나라는 지난 65년간 전 세계에서 가장 많은 아동을 해외로 보낸 나라입니다.

전 세계적으로 50만 명 정도의 아동이 해외로 입양되었는데, 이들 중 40%인 20만 명 정도가 우리나라의 아동입니다. 이 단순한 통계만 봐도 한국은 세계적으로 국제 입양과 아동 권리침해에 있어서 '몸통'격으로 불리고 있으면서도, 정작 당사자인 우리는 아무것도 모른 채 살아가고 있습니다. 요즘 셋째 아이를 출산하면 1억 원을 준다는 지자체도 생겼습니다. 아이러니한 것은 전 세계 꼴찌 수준인 출산율 속에도 이율배반적인 해외 입양과 아동학대는 여전히 진행되고 있다는 사실입니다. 아동학대로 병들고 사망하고, 해외로 입양 보내는 일들은 안타까운 일들입니다.

『빨간 머리 앤』은 입양아 앤의 성장 소설입니다. 고아였던 앤을 키운 것은 매슈 남매였지만, 에어본리 마을 공동체의 관심과 사랑 역시 천방지축이었던 앤을 성장시켰습니다. 정반대의 사례도 있습니다. 영화 〈스포트라이트〉에는 천주교 사제들에 의한 수십 년간의 아동 성추행 사건과 그것이 지속될 수 있었던 원인에 대한 한 인권 변호사의 진단이 나옵니다.

"이런 일들이 벌어지고 있었던 배경에는 특정 기관, 특정 부처의 책임만 있는 게 아니다. 아이를 키우는 데는 온 마을이 필요하다고? 한 아이를 학대하는 데, 온 마을이 필요하다네."

학교에서 학생들을 지도하다 보면 자존감이 약하고 다른 아이들과 어울리지 못하면서 자신은 다른 학생들로부터 '왕따'를 당한다고 생각하는 학생들이 있습니다. 스스로 무슨 일을 잘하지 못하고 눈치를 보면서 생활하는데, 가정 배경을 살펴보면 성장 과정에서 상처가 많은 것을 알 수 있습니다. 아동학대는 가정에서 주로 발생합니다. '부모'라는 울타리 속에서 폭력이 발생하는 것이지요.

이따금씩 아동학대 사건이 보도될 때마다 국민적 공분을 사곤 합니다. 하지만 이러한 사건이 발생하면 아동학대 사각지대를 해소해야 한다는 지적이 제기되지만, 아직 갈 길이 멀어 보입니다. 그러나 우리에게는 기회가 있습니다. 넘어진 아이를 일으

우리는 산골교사로 살기로했다

킬 기회, 그 아이의 아픔을 돌볼 기회, 적어도 한 아이를 죽음으로 가지 않게 만들 기회입니다. 활짝 웃는 정인이 사진을 보며, 훌륭한 교사가 되어 아이들과 함께 있는 빨간 머리 앤의 얼굴이 겹쳐집니다. 사회의 관심에 힘입어 '꽃으로도 아이를 때리지 말라'는 말이 무색하지 않은 사회를 그려봅니다.

또한 세월호 8주기를 돌아보며, 뼈를 깎는 성찰의 채찍으로 스스로를 개혁하고, 의식 변화의 강물이 오늘의 부조리를 씻어내지 않으면, 오늘 애도의 눈물은 일시적 감정표출에 그치고 추념 행사로 함몰돼 세월의 강으로 흘러갈 것입니다. '빨리! 빨리!'는 빨리 오지만 빨리 달아납니다. '빨리 빨리'에는 모래성의 비극이 있습니다. 세월은 슬픔과 아픔을 치유하는 약이지만, 과거를 기억하고 행동하지 않을 때 세월은 슬픔과 아픔을 되풀이하는 독이 될 수도 있습니다. (2022.04.)

소년법 개정 논쟁

적상중학교 교장 김만호

최근 세간에 화제가 된 드라마 〈소년심판〉의 영향으로 촉법소년과 소년범죄에 대한 사회적 관심이 다시 커지고 있습니다. 얼마 전 술을 팔지 않는다는 이유로 편의점 주인을 때리고 '촉법소년'이라고 주장하며 난동을 부린 중학생이 구속상태로 검찰에 넘겨졌습니다. A군은 술 판매를 거절한 직원을 벽으로 몰아 위협하고 이를 제지하는 점주를 폭행해 점주는 눈과 얼굴 부위를 크게 다쳐 전치 8주의 중상을 입었습니다.

A군은 자신이 형사처벌을 받지 않는 촉법소년이라고 주장하며 자신의 폭행 장면이 담긴 영상(CCTV) 삭제를 요구하며 점원의 휴대전화를 빼앗기도 했으며, 자신의 사회관계망서비스(SNS) 계정에 심하게 부서진 점원의 휴대전화 사진을 자랑삼아 올리기까지 했습니다. A군은 이전에도 각종 범행으로 법원을 들락거리며 소년보호처분을 받았으며, 현재도 협박 등 혐의로 춘천지법에서 소년 보호 재판을 받고 있습니다.

촉법소년은 만 10세~14세 미만 범법소년으로 형사처벌은 받지 않고 보호처분을 받게 됩니다. 끔찍한 살인을 저질러도 소년원에서 2년간 보호 처분하는 것이 최대한 처벌이죠. 1953년 이 소년법이 제정된 이후 지금까지 존속해 왔는데, 경찰청 통계를 따르면 최근 5년간 촉법소년 송치 현황이 2016년 6,576명, 2018년 7,364명, 2020년 9,606명으로 눈에 띄게 증가하고, 범죄 유형도 흉포화, 조숙화 경향을 띠고 있습니다. 지난 대선 때 여야의 두 주요 후보들이 소년법 개정을 공약으로 내세우기도 했지요. 작년에 조사한 소년법 개정에 대한 여론 조사 결과는 처벌보다는 교화를 우선하는 현행법 유지가 13%, 소년도 성인과 동일하게 처벌하자(소년법 폐지) 21%, 촉법소년 연령을 내리자는 개정이 63%로 폐지나 개정이 대다수 의견으로 형성되어 도저히 '아이들의 단순한 비행'이라고 볼 수 없는 범죄 사건들을 접하며 촉법소년 연령 하향 또는 폐지 논의가 뜨거운 것을 확인할 수 있습니다.

최근 미국에서는 고속도로 육교(다리) 위에서 15세 소년들이 지나가는 차에 큰 돌을 던져 차량에 맞추는 놀이(?)로 아이 둘이 있는 성인 남자 운전자를 사망케 한 사건이 있었는데, 법원은 사회 안전과 공공질서를 크게 위협하는 행위를 알고 있으면서 한 행동이라도 판단하고 관용이 어렵다며 2급 살인죄로 실형을 선고한 일이 있었습니다.

 전문가의 의견도 분분합니다. 처벌보다는 교화가 초점인 소년법 취지에 맞지 않고, 단순히 처벌을 강화하는 것이 재범을 막는 데 실효성이 없다며 소년법 개정에 반대하는 의견도 있습니다. 우리 어른들이 보호해야 하고 선도해야 하는 아이들, 온전한 성숙함을 갖추지 못한 아이들이기 때문에 잘못을 뉘우치고 반성한다면 갱생의 기회를 주는 것이 마땅하다고, 강력한 처벌로 어려서 낙인이 찍히면 소년원 생활을 마친 뒤 범죄를 확대·재생산하면서 상습범이 되는 경우가 적지 않아 범죄율이 떨어지지 않는다는 것입니다.

 하지만 문제가 대두된 것은 '강력범죄', '촉법소년임을 악용하여 범죄를 저지르고 오히려 피해자를 조롱하는 경우, 반성 없이 반복적으로 재범하는 경우'인 만큼, 이 경우에는 현재 범죄소년처럼 형사처벌'도' 가능하도록, 촉법소년의 연령 하향 의견에 찬성한다는 의견이 우세합니다.

 끔찍한 강력범죄의 피해자들, 가해자들만큼이나 어린 또래의 피해자들, 그들이 평생 짊어질 고통을 외면한 채 가해자들이 단지 어리다는 이유만으로 형사처분을 면하게 하는 것은 온당하지 않다고 보는 것이지요. 그런 이유로 법 개정이 반드시 필요하다고 생각하는 사람이 많습니다. 촉법소년 연령 하향에 앞선 대안으로 죄질에 따른 처벌과 교화를 구분하는 법 개정 논의도 필요하다고 봅니다. 또한, 소년 전담교도소의 확충과 운영인력지원책이 마련되어야 할 것입니다.

 무주라는 시골에서 '무슨 촉법소년 논쟁이 필요할까?'라고 생각하는 분들이 있을

겁니다. 지금은 초등학교나 중등학교 공통으로 학생생활지도, 학교 폭력 관련 담당 업무가 교사들 사이에 기피 대상이 된 지 오래입니다. 학생들뿐 아니라 학부모 사이에서도 갈등 요소가 많고 좀처럼 해결이 쉽지 않아 법원으로 송사가 옮겨 가기 때문입니다. 피해 학생들과 학부모님들의 원성이 큰데 정작 가해 학생이나 학부모가 큰소리치고 다니는 경우가 있지요. 학교나 교원들도 상담이나 일 처리에 진저리를 내고 법 테두리에서 해결하려다 지치는 경우가 많습니다.

학교 폭력이나 촉법소년 문제는 결국 학교와 지역사회 모두의 사랑과 이해로 해결해야겠지만 소황제(小皇帝)가 된 자녀들을 감싸기만 하는 부모들과 피해 학생 인권을 생각해보면 제도나 법의 도움을 받지 않으면 감당하기 힘든 지경이 되었습니다. '법꾸라지'들이 판치는 세상에서 법의 도움 받는다는 것이 마음 편치는 않지만 도움을 받아야 한다면 소년법의 개정되고 피해 학생이 보호받고 가해 학생이 회복될 수 있는 발판이 마련되었으면 좋겠습니다. (2022.10.)

반려동물에 대한 교육적 접근

적상중학교 교장 김만호

어머니와 함께 서울지하철을 타고 갔을 때 본 풍경이다. 젊은 부인인 듯한 사람이 포대기에 아기를 업고 있는데, 자세히 보니 아이가 아닌 예쁘게 생긴 강아지였다. 어머니가 혀를 끌끌 차면서 '세상이 어떻게 되려고 저러는지 모른다'고 나지막이 한탄한다. 초등학교 교과서에 '바둑아 바둑아 이리 오너라 나하고 놀자'처럼, 사람들마다 개를 품고 다니는 세상이 되었다. 그때는 이런 세상이 올 줄 몰랐다. 개 팔자가 상팔자가 되었다. 거리의 차 안에는 예쁜 강아지가 한 자리를 차지하고 있고 공원에 나가면 유모차에 개를 태우고 다니는 모습은 개 천국의 세상이 된 것 같다. 배설물을 비닐봉지에 주워 담으면서 뒤를 닦아주는 모습을 보면서 세상이 이렇게까지 변했을까, 놀라움이 든다.

수업시간에 학생들에게 장래 희망을 물어보면 전문 역량을 가진 반려동물 지도사나 애견 관련 뷰티샵을 하고 싶다는 말을 자주 듣게 된다. 또 가장 친한 친구가 누구냐고 물어보면 '우리 집 강아지가 제 베프(가장 친한 친구)입니다'라는 말도 듣는다. 동물 앞에 '애완(愛玩)'이 아닌 '반려(伴侶)'라는 수식어가 붙이게 된 이유는 무엇일까. 그 이유는 아마도 동물을 '장난감'이 아닌 인간과 교감하는 '생명체'로 바라보자는 취지와 맥이 닿아있을 것이다.

사전은 애완을 '동물이나 물품 따위를 좋아하여 가까이 두고 귀여워하거나 즐김'이라고 정의하는데, 이는 요즘 시대의 감수성과 맞지 않는다. 우리는 이제 동물과 물품을 등치할 수 없고, 동물을 단순히 귀여워하거나 즐기는 대상으로 생각하지 말아야 한다는 것을 안다. 지금 한국에서 4명 중 1명은 반려동물과 함께 생활한다. KB금융지주 경영연구소의 '2021 한국 반려동물보고서'에 따르면 국내 604만 가구, 총 1,448만 명이 반려동물을 키우는 것으로 나타났다.

반려동물을 가족 구성원으로 여기는 문화 덕분에 반려동물 관련 시장도 급성장하고 있다. 한국농촌경제연구원에 따르면 반려동물 산업 규모는 2015년 1조 8,994

억 원에서 2021년 3조 7,694억 원으로 성장했다. 2027년에는 6조 원대를 넘길 것으로 전망된다. 대학(2년제 포함)에서 반려동물 관련 학과를 신설하는 학교도 늘었다. 비슷한 업종의 학과로는 수의학과 외에 축산학과가 대표적인데, 최근 생긴 학과들은 이름부터 '반려동물'이 들어간 게 특징이다. 경쟁률도 높은 편이다.

지난해 반려동물학과를 신설한 신라대는 2022학년도 신입생 모집에서 해당 학과가 11.4 대 1 경쟁률을 기록했다. 역시 신설학과인 대구대 반려동물산업학과의 경쟁률은 11.39 대 1이었다. 수의학과 인기도 대단하다. 수의학 전문 매체 '데일리벳'에 따르면 2022학년도 국내 10개 수의과대학 정시모집 경쟁률은 12.24 대 1로, 2014년 이후 최고 수치를 기록했다.

현대 문명의 발달로 기계화되면서 사람들의 정신은 공허하고 황폐하여 안식처를 찾지 못하고 있다. 빠른 경제 성장으로 바쁘게 살아가는 현대사회에서 서로 마주 보면서 따뜻한 사랑을 나눈다는 것은 어려운 현실이 되었고, 코로나 19 발병 이후 더더욱 기대하기 어렵게 되었다. 개는 이제 도둑을 지키는 것이 아니라 인간의 고독을 지켜주는 존재가 되었다. 내 주위 친구들도 직장에서 귀가했을 때 자기를 가장 반겨주는 존재가 강아지라는 말을 하곤 한다.

"오늘은 우리 아이 유치원 가는 날이라 천연 샴푸로 씻고 유기농 간식 챙겨서 보냈어요"

언뜻 보면 자식을 애지중지하는 엄마의 말로 들릴 수 있겠지만 여기서 말하는 아이는 사람이 아니다. 바로 반려동물이다. 요즘은 반려동물 사이에서도 빈부 격차가 존재한다. 어떠한 집에 입양되느냐에 따라 금수저의 삶을 사는 동물이 될 수도, 흙수저보다 못한 삶을 사는 동물이 될 수도 있다. 복잡하고 변심이 많은 인간보다 사랑스럽고 충성스러워 변하지 않는 반려동물이 훨씬 믿음이 가리라 생각한다.

이제 반려동물은 나의 친구·가족·동반자 위치에 자리 잡고 있다. 우리 사회는 빈부

우리는 산골교사로 살기로했다

격차도 크고 노인 문제 등 다양한 문제를 않고 살아가고 있다. 기본 인권이 존중되지 못하고 사는 경우도 많은데 동물권 존중에 대한 접근에 대해 불편해하는 사람들도 있다. 동물권 이슈가 더욱 깊고 다층화하고 있는 요즘, 앞으로 사람과 동물은 이전보다 더욱 밀접한 관계를 맺고 살아가게 되지 않을까. 사람과 동물의 새로운 관계 맺기 방식에 관해 더욱 고민해야 할 시점이다. (2023.02.)

얼굴 빨개지는 아이

- 부모의 밥상머리 교육 필요하다 -

안성고등학교 교감 김영호

프랑스의 삽화가인 장 자끄 상뻬가 쓴 『얼굴 빨개지는 아이』라는 그림 이야기가 있다. 시도 때도 없이 얼굴이 빨개지는 병을 지닌 꼬마 마르슬랭 까이유가, 역시 시도 때도 없이 재채기를 해대는 친구 르네 라토를 만나 우정을 나누고, 자신들의 콤플렉스를 극복해가는 과정을 따뜻하게 그려낸 작품이다. 삶을 바라보는 여유로운 태도와 낙관적인 시선이 녹아있는 작품으로, 오랫동안 아이와 어른 모두로부터 사랑을 받아온 동화 같은 소설이다.

그런데 학교에서 아이들을 지도하다 보면 소설 속 마르슬랭처럼 갑자기 얼굴이 빨개지는 아이들을 쉽게 만나볼 수가 있다. 처음엔 아이들이 선천적으로 병을 지니고 있거나 선생님의 지도를 받는 과정에서 자기 잘못을 깨닫고 부끄러움에 얼굴을 붉힌다고 생각했었다. 그러나 그것은 나만의 착각이었다. 아이들 대부분은 질병이나 부끄러움 때문이 아니라 잘못을 지적받을 때 가슴 깊은 곳에서 올라오는 언짢은 감정을 감추지 못해 얼굴이 붉으락푸르락해지는 것이었다. 요즘처럼 학생 인권이 강조되고 학생들을 지도할 때 학부모들의 눈치를 살펴야 하는 상황에서 체벌도 아닌 말 몇 마디에 얼굴을 붉히는 아이들을 보면 뾰족한 묘안이 떠오르질 않아 난감할 때가 많다. 그래도 얼굴만 붉히는 경우는 양호한 편에 속한다. 때론 어떤 지도에도 응하지 않거나 심지어 교사에게 욕설하는 경우도 적지 않으니 참으로 심각한 일이 아닐 수 없다.

그렇다고 해서 체벌을 허용해야 한다거나 교사의 지도 방법이 어떠한 경우에도 옳다는 말을 하고 싶은 것은 아니다. 단지 요즘 아이들이, 마주하는 대상과 상관없이 자신의 감정을 가감 없이 드러내고, 심지어 분노조절장애로 의심될 만큼 과격한 말과 행동을 서슴없이 표출하는 것에 우려를 하는 것이다.

자신의 감정을 조절하지 못하는 이유를 여러 곳에서 찾을 수 있겠지만, 필자는 부모의 양육 태도를 지적하고 싶다. 어떤 부모는 훈육이라는 미명 하에 폭력을 행사하거나 자녀들 앞에서 과격한 언행을 보임으로써 이를 보고 자란 아이들이 자신도 모르게 똑같은 행동을 하게 되는 경우가 있다. 그 반대의 경우도 문제가 되긴 마찬가지이다. 요즘은 자녀를 대부분 하나 아니면 둘을 낳기 때문에 예전에 비해 아이들을 더 귀하게 키우는 경향이 있다. 그 과정에서 자칫 잘못된 행동도 올바로 훈육하지 않고 방임하게 되면 아이들이 그러한 행동에 대해 죄의식을 느끼지 못하게 되고, 후에 누군가에게 지적을 당하게 되면 견디지 못하고 폭발하는 것이다.

분명 훈육을 빙자한 폭력은 부모와 자식 간이든 사제간이든, 심지어 상하관계가 분명한 군대에서조차도 절대로 정당화될 수 없다. 그러나 아이의 잘못을 인지하고도 올바로 지도하지 않고 방임하는 것은 더 나쁜 결과를 초래할 수도 있다. 따라서 필자는 옛날 우리 선조들의 '밥상머리 교육'을 하나의 대안으로 제시하고자 한다. 밥상머리 교육은 단순한 잔소리를 넘어 자녀들이 올바른 인성을 함양하고, 사회 구성원으로서 바람직한 역할을 수행할 수 있도록 가정에서부터 기본을 철저히 가르치려던 교육의 한 과정이었다. 오늘날의 부모나 교사, 그리고 이웃의 어른들도 아이들의 올바른 성장을 위해서 기본을 철저히 지도하고자 하는 노력을 같이해야 한다. 특히 언제나 어른들이 먼저 언행의 모범을 보여야 한다. 그래야 아이들이 어른들을 신뢰하고 그들의 지도를 받아들이게 된다.

참으로 요즘은 부모 노릇, 선생 노릇, 어른 노릇 하기 힘든 세상이다. 하지만 아이들을 바르게 길러내고, 사회를 밝고 건강하게 유지하기 위해서 부모를 비롯한 우리 어른들이 자신의 역할에 충실하고, 아이들에게 삶의 기본을 철저히 가르치려는 노력을 함께해야 하지 않겠는가? 아이들은 우리 사회의 미래일 뿐 아니라 거울에 비친 우리 자신들의 모습이기 때문이다. (2018.08.)

우리는
산골교사로
살기로했다

'히트 앤드 런 방지법'에 관한 단상(斷想)

- 모든 행위에는 책임이 따름을 가르쳐야! -

안성고등학교 교감 김영호

몇 해 전 어느 여고생이 청와대 국민청원 게시판에 '미혼모를 위한 히트 앤드 런 방지법을 만들어주세요'라는 글을 올리면서 커다란 사회적 파장을 불러일으킨 적이 있다. 청원 수도 청와대가 공식 답변을 내놓아야 하는 20만 명을 훌쩍 넘기면서 국민들 사이에 오랜 기간 회자되기도 하였다.

'히트 앤드 런 방지법'이란 미혼부가 미혼모에게 매달 일정한 양육비를 보내지 않을 경우 국가가 아이 엄마에게 양육비를 먼저 지원하고, 미혼부의 소득에서 세금으로 원천징수하는 제도를 말한다. 현재 덴마크, 노르웨이, 스웨덴 등 북유럽 국가는 물론 독일, 영국, 호주, 미국 등 대다수의 선진국에서 시행 중이다. 특히 호주나 영국, 미국 등에서는 양육비 징수율을 높이기 위해 미혼부가 미혼모에게 양육비를 보내지 않을 경우 여권 발급을 불허하고 운전면허를 취소하는 등의 강력한 행정적 제재를 취하고 있다고 한다.

우리나라의 경우 2015년 「양육비 이행확보 및 지원에 관한 법률」을 제정하고, 양육비이행관리원을 설치하여 운영하고 있으나 양육비 지급 이행을 강제할 수 없다는 원천적 한계를 지니고 있다. 해당 청원에 대한 청와대의 답변에서도 미혼모의 권익을 위해 노력하고, 학생들의 성교육을 강화하겠다는 등의 막연하고 원론적인 수준의 답변에서 벗어나지 못했다.

그런데 필자가 진정으로 말하고 싶은 것은 '히트 앤드 런 방지법' 제정 자체가 아니다. 관련법 제정이 시급하다는 데는 이견의 여지가 없지만, 어떻게 하면 우리 아이들에게 올바른 성인식을 심어주고, 우리 사회에 건전한 성문화가 정착되게 할 수 있을 것인지에 고민의 지점이 있다. 사실 '히트 앤드 런'이라는 용어는 야구에서 온 것으로, 타자는 치고 동시에 주자는 달리는 작전을 말한다. 우리말로는 '치고 달리기' 쯤 되는 이 용어가 남녀 간의 성 문제에 등장한 것을 보니, '치고 빠지기' 정도의 부정적 의미로 사용된 것으로 보인다. 많은 사람들이 상대의 마음을 얻기 위해 온갖 노력을 다하지만, 막상 임신을 비롯한 무언가 책임을 져야 하는 상황이 발생하면 나 몰라라 하는 상황을 빗대어 이렇게 표현한 것이리라.

모든 행위에는 반드시 책임이 따른다. 바꾸어 말하면 책임질 수 있을 때야 비로소 어떤 행위를 감행해야 한다는 것이다. 책임질 수 없는 행위로 인해 발생한 엄청난 사회적 손실에 대해서는 일일이 열거하지 않아도 우리는 너무도 잘 알고 있다. 그런데 남녀 간의 사랑에서도 마찬가지다. 어른들은 아이들의 사랑과 성 경험에 대해 애써 외면하려 하지만, 교육부·보건복지부·질병관리본부가 2021년 전국 청소년 54,848명을 대상으로 조사한 '제17차 청소년 건강행태조사 통계'에 따르면, 성관계 경험이 있다고 응답한 청소년은 전체의 5.4%(2,962명)나 되었다. 성관계 시작 평균 연령은 만14.1세로 조사되었고, 특이한 점은 매년 실시되는 조사에서 성관계 경험이 있는 아이들의 50% 이상은 초등학교 때 첫 경험을 한다는 것이다.

이를 통해 우리는 아이들의 성에 관해 더 이상 방관해서는 안 된다는 것을 알 수 있다. 당연히 우리 아이들의 건강한 삶을 위하여 지금보다 적극적이고 실효성 있는 성교육을 시행해야 한다. 유네스코 '국제 성교육 지침서'는 5세부터 성교육을 권하고 있다. 미국, 캐나다, 핀란드 등 대부분의 선진국에서는 유치원 때부터 체계적인 성교육을 실시한다. 그런데 이들 선진국의 성교육의 핵심은 우리와는 달리 책임지는 성교육에 있다. 한쪽의 일방적인 사랑이 아닌 함께하는 사랑이 아름다운 것처럼 책임도 함께할 때 진정한 사랑을 이룰 수 있다는 것을 가르치며, 이를 지키지 않으면 법으로라도 그 책임을 강제한다는 것을 어려서부터 일깨우고 있다. 결국, 하룻밤 불같은 인연을 뒤로한 채 유유히 떠나가는 사랑은 영화 속에서나 존재하는 허상이며, 현실의 사랑은 서로를 배려하고 끝까지 책임지려 할 때 아름다우며, 책임질 수 있을 때 사랑하고 관계도 맺어야 한다는 것을 우리 아이들에게 지속해서 알려주어야 한다는 것이다.

우리는 산골교사로 살기로했다

세계에서 가장 개방적인 성문화를 가진 네덜란드 국민들의 대부분은 첫 성관계를 만 18세 이후에 경험한다고 한다. 즉, 동성애를 합법화하는 등 성인들의 성에 대해서는 관대하지만, 청소년의 성에 대해서는 사회적 합의에 의해 철저하게 지켜주고자 하는 것이다. 우리 사회에서도 아이들에게 책임지는 성교육을 지속적으로 실시하고, '히트 앤드 런 방지법' 등의 관련법이 조속히 제정되어 우리 아이들이 보다 안전하고 건강한 환경 속에서 마음껏 사랑하고 자신들의 삶을 가꾸어 갈 수 있게 되기를 간절히 소망해본다. (2019.09.)

학교 내 집단따돌림 문제와 어른들의 역할

안성고등학교 교감 김영호

제66회 베를린영화제를 비롯하여 국내외 다수의 영화제에 초청된 독립영화 한 편을 소개하고자 한다. 윤가은 감독이 2016년에 만든 자전적 영화 〈우리들〉이다. 이 영화는 우리들에게 '진정한 친구란 무엇인지', '왜 아이들에게는 또래 관계가 중요한지', 그리고 '아이들의 관계 맺기에 필요한 어른들의 올바른 역할은 무엇인지' 등에 관해 다양한 질문을 던지고 있다.

영화의 첫 장면에서 초등학교 4학년 아이들이 수업 시간에 피구를 하고 있다. 주인공 선의 얼굴이 클로즈업되고 주변의 어느 누구도 선에게 관심을 두지 않는다. 그런데 잠시 후 누군가 "야, 이선! 너 금 밟았어"라고 말한다. 이에 선은 "응? 나 안 밟았어"라고 응대해 보지만, 아이들 중 한 명이 "응, 선이 금 밟는 거 내가 봤어"라고 말하자 그것으로 끝이었다. 선이 실제로 금을 밟았는지 아닌지는 중요하지 않았다. 모든 아이들이 선에게 나가라고 말하고 선은 아무 대꾸도 하지 못하고 슬금슬금 경기장 밖으로 물러난다. 모두 짐작했겠지만, 선은 '왕따'였다. 한때는 친하게 지냈던 보라 일행이 선을 왕따시키고 있었던 것이다.

그런데 방학식 날 지아가 전학을 오게 되고 청소를 하다 귀가가 늦어진 선과 만난다. 둘은 서로 호감을 느끼게 되고 여름방학 내내 서로의 집을 오가며 많은 추억을 쌓고 마음을 나누는 친구가 된다. 그런데 개학 후 학교에서 만난 지아는 이상하게도 선을 멀리한다. 선을 따돌리는 보라와 같은 학원에 다니며 친해진 지아는 노골적으로 선을 외면하는 것이다.

이유가 무엇이었을까? 아동심리 전문가인 박소진은 일반적인 집단따돌림의 원인으로 좌절과 공격성의 표출, 소속감의 욕구와 힘에 대한 욕구, 따돌림 경험에 대한 보복, 공감 능력의 부족 등을 제시하고 있다.[3] 그러나 이 영화에서 지아가 보라 일행과 함께 선을 왕따시키는 이유는 한 마디로 '결핍'에서 오는 질투라고 말할 수 있다.

3 박소진, 『영화로 이해하는 아동·청소년 심리상담』, 박영스토리(2019), 106쪽.

내게 없는 것을 상대방이 가졌을 때 느끼는 질투심이 괴롭힘으로 표출된 것이다. 선은 가난하여 휴대폰도 없고 학원도 다니지 못하고 심지어 색연필도 마음대로 살 수 없지만, 부모, 남동생과 함께 단란하고 행복하게 산다. 그러나 지아는 부모의 이혼으로 엄마는 물론 젊은 새엄마와 가정을 꾸린 아빠와도 떨어져 자신의 의지와 상관없이 할머니와 함께 산다. 경제적으로는 넉넉하지만 응석 부릴 부모도, 같이 놀아줄 형제도 없다. 어느 날 선의 집에 놀러 간 지아는 선과 엄마의 다정한 모습을 보고 질투심을 느꼈고, 후에 선이 친구들에게 자신의 가정 상황을 말했다는 것을 알게 되며 선을 따돌리기 시작한다. 또한, 전 학교에서도 왕따 때문에 전학 온 터라 보라 일행에 의해 또다시 왕따 당하는 것이 두려워 더욱 선을 외면한 것이었다.

아이들은 집단따돌림을 당할 때 몇 가지 의심 증상을 보인다. 학교 가기를 싫어하거나 잠을 잘못 자기도 하고, 음식을 급하게 먹거나 성적이 급격히 떨어지기도 한다. 그리고 인간에 대한 신뢰가 깨지면서 부모를 비롯한 주변 사람 누구도 믿지 않으려 한다. 어떤 아이들은 공격적인 성향을 띠기도 하지만 어떤 아이들은 안으로 침잠해 가는 회피적 성향을 보이기도 하는데, 공격적인 경우보다 회피적인 경우가 오히려 위험할 수 있다고 전문가들은 말한다. 심한 경우 삶의 의욕을 잃고 자해하거나 자살 충동을 느끼기도 하기 때문이다.

아동 청소년의 경우, 또래 관계가 삶의 전부이자 살아가는 이유이다. 그러나 어른들은 그것의 중요성을 잘 모르는 듯하다. 우리 아이가 왕따를 당했다고 하면 너도 똑같이 해주지 그랬느냐고 다그치기 일쑤다. 사실 그 순간 아이에게 필요한 것은 선생님이나 부모의 위로와 공감인데 말이다. 아이들 문제에서 가장 피해야 할 행동은 부모가 공격적으로 아이들 문제에 개입하는 것이다. 특히 피해 학생의 부모가 가해 학생을 찾아가 직접 혼을 내고 자녀 대신 복수를 하는 경우를 심심찮게 보게 되는

우리는 산골교사로 살기로했다

데 이는 자신의 자녀를 헤어 나올 수 없는 왕따의 길로 밀어 넣는 지름길이다. 왜냐하면, 아이들은 그 아이와 잘못 엮이면 부모에게 혼난다는 인식 때문에 그 아이와는 더는 함께하려고 들지 않기 때문이다. 아이들 간의 관계 문제는 복합적인 원인이 결합되기 때문에 어른들의 감정적인 대응으로 쉽게 해결되지 않는다. 자녀들은 부모에게 쉽게 속마음을 털어놓지 않는 경향이 많지만, 허용된 분위기 속에서 자녀와의 솔직한 대화를 통해 자녀의 상황과 마음을 이해하고 위로하며 선생님이나 심리상담 전문가의 도움을 받아 해결하는 것이 바람직할 것이다.

마지막으로 영화의 한 대목을 소개하면서 글을 마치고자 한다. 유치원생인 선의 동생 윤이 친구에게 맞고 들어오자 선은 동생에게 "너도 때렸어야지"라고 말한다. 그러자 윤은 "나도 때렸는데 걔가 또 나를 때렸어" 그러자 화가 난 선은 "그러고 나서 어떻게 했어?" 그러자 윤은 "같이 놀았어"라고 말한다. 어이가 없는 선은 "다시 때렸어야지"라고 말하는데, 윤은 "그러면 언제 놀아? 나는 놀고 싶은데?" 그 말을 듣고 선은 깨달은 바가 있었다.

영화의 마지막 장면에서, 첫 장면과 마찬가지로 아이들은 운동장에서 피구를 하는데, 이번에는 보라 일행이 선이 아닌 지아에게 금을 밟았으니 나가라고 윽박지른다. 지아는 어쩔 줄 몰라 하는데, 선이 용기를 내어 "지아 금 안 밟았어. 내가 봤어"라고 말하고 아이들은 아무 일 없었다는 듯 "지아 금 안 밟았대" 하며 게임을 계속한다. 선은 용기를 내어 지아에게 먼저 손을 내밀었고 단 한 명의 지지뿐이었는데 가해 아이들은 함부로 누군가를 왕따시키지 못 했던 것이다. 어른들의 세심한 관심과 배려로 우리의 소중한 아이들이 더 이상 마음의 상처를 받지 않고 행복하게 학창 시절을 보낼 수 있기를 간절히 바라본다. (2020.02.)

상냥한 폭력의 시대

- 존재 자체로 존중받는 사회를 바라며 -

안성고등학교 교감 김영호

소설가 정이현의 『상냥한 폭력의 시대』라는 단편소설집이 있다. 그동안 발표해왔던 그녀의 소설들 가운데 '미소 없이 상냥하고, 서늘하게 예의 바른 위선의 세계들이 가득 담긴' 일곱 편의 작품을 모아 한 권의 책으로 엮었다. 상호 모순적인 제목에서 알 수 있듯이 이 책에 실린 작품들은 모두 친절한 표정으로 무심하게 모멸감을 주고받으며 '오늘'을 살아가는 사람들을 예리하게 그려내고 있다.

이러한 '상냥하고 세련된 폭력'은 다양하게 변이되어 작품 속에 등장한다. 어떤 작품에서는 상대를 비하하거나 비아냥거린 적은 없지만, 오히려 그러한 태도로 인해 번번이 타인을 불쾌하게 만드는 원로 정치인의 모습으로, 다른 작품에서는 집단 괴롭힘으로 인해 새로 전학을 오게 된 친구에게 말 한마디 걸어주지 않는 학교 아이들의 모습으로 그려진다. 이러한 모습은 심지어 사랑하는 가족 사이에서도 나타난다. 「아무것도 아닌 것」이란 작품에서 엄마 '지원'은 고등학생 딸 '보미'가 미숙아를 낳자 딸에게 의무와 책임에 대해, 그리고 매일 하는 일의 귀중함에 대해 배워야 한다고 말하면서도, 막상 자신은 딸이 낳은 아기를 무책임하게 방치하는 이율배반적인 모습을 보인다. 이 책에 등장하는 이들은 세대부터 국적까지 많은 것들이 다르지만, 모두 다른 사람들에게 무심코 일상적인 모멸을 가한다는 공통점을 지니고 있다.

그런데 문제는 이러한 모습이 소설 속 이야기에 그치지 않고 우리 사회 전반에 걸쳐 만연해 있다는 점이다. 성, 계층, 종교, 언어, 인종, 장애 등의 다양한 이유로 다수의 사회적 약자들이 아직도 커다란 차별과 편견 속에서 살아가고 있는 것이다. 학교 현장도 마찬가지다. 장애 학생, 다문화가정 아이들, 한부모 가정 아이들, 그리고 특수한 종교를 가진 아이들이나 성 정체성의 혼란을 겪는 아이들 등등 보호받아야 할 아이들이 오히려 편견과 차별 속에서 힘겨워하고 있다. 그런데 이렇듯 노골적인 사회적 편견과 차별 못지않게 아이러니하게도 관심과 위로, 혹은 격려를 가장한 '상냥하고 친절한 폭력'으로부터 많은 아이들이 보다 깊은 상처를 받고 있다는 점 또한 기억해야 할 것이다.

코다[4]인 딸의 관점에서 청각장애인 부모의 이야기를 다룬 다큐멘터리 영화 '반짝이는 박수 소리'(2014)를 연출한 영화감독 이길보라는 어느 인터뷰에서 어린 시절의 경험을 이야기한 적이 있다. 어려서부터 청각장애인인 부모를 도와 집안일은 물론 관공서나 은행 업무 처리 등 각종 바깥일을 거들어야 했던 그녀에게 주변의 어른들은 항상 '친절하고 상냥한' 목소리로, "어린애가 무슨 죄람?", "참 불쌍하기도 하지.", "많이 힘들지?", "애야, 힘내라." 등의 응원의 메시지를 건넸다고 한다. 일면 아무 문제가 없어 보인다. 어린아이가 장애가 있는 가족들을 돌보는 모습이 딱하고 대견하여 위로하고 격려하는 모습이 크게 문제가 될 것은 없어 보인다. 그러나 무심코 던진 어른들의 그러한 격려와 위로의 말들이 때론 날카로운 비수가 되어 어린 가슴에 회복되지 않는 생채기를 낼 수도 있음을 헤아렸으면 한다. 그녀도 인터뷰에서 단 한 번도 장애 부모를 부끄러워하거나 자신이 불행하다고 생각해본 적이 없었는데, 어른들이 자신을 불쌍한 아이처럼 대할 때마다 커다란 혼란을 겪고 상처를 받아야만 했다고 회고했다. 가수 윤종신은 어느 TV 프로그램에서 '코다'에 관한 이야기를 하며 '지나친 배려는 일종의 편견'일 수도 있다는 말을 한 적이 있는데, 그 말의 의미가 새삼 새롭게 다가온다.

최근 들어 아파트 경비원이나 택배 기사 등 사회적 약자들에 대한 폭행 사건이 사회적 공분을 사기도 했지만, 그래도 사회적 인식이 높아지면서 노골적이고 직접적인 폭력은 과거에 비해 많이 줄어든 것 같다. 그러나 앞에서 소개한 작품들 속에 등장하는 사람들처럼 마음에 없는 형식적인 친절함이나 예의 바름으로 무장한 사람들이 서로를 경멸하고 공격하는 '상냥한 폭력'이 새롭게 그 자리를 대신하고 있지는 않은지 염려스럽다. 하지만 세상은 비록 그러할지라도 우리가 함께 살아가는 이곳만은

---

4 '코다(CODA)'는 'A Child of Deaf Adult'의 약자로, 청각장애인 부모 사이에서 태어난 비장애인 자녀를 일컫는 말이다.

우리는 산곳고사로 살기로했다

그동안 난무하던 '상냥하고 친절한 폭력' 대신 사회적 약자들을 있는 그대로 인정하고 존중하는 곳, 서로를 진정으로 이해하고 배려하는 사람들이 넘치는 곳, 더 나아가 어떠한 이유로도 우리 아이들을 차별하지 않고 언제나 그들의 꿈을 응원하는 지역 공동체가 되었으면 하는 소망을 가져본다. (2020.06.)

'고상한' 민족주의자들에게 고함

- 다문화가정, 언제까지 곁눈질로 볼 것인가? -

전 무주고등학교 교사 | 현 무주신문 편집국장 박병오

작년 이맘때, 사우나에서 두 어르신의 대화를 듣다가 주제넘게 끼어든 적이 있다. 한 어르신이 결혼이주민 여성을 불러 세운다는 게 "어이, 수입품" 하고 불렀단다. 다른 어르신이 "말이야 바른 말이지, 수입품 아녀? 인간 수입품" 하며 맞장구를 쳤다. 다문화 여성이 받은 상처를 생각하니, 너무 속상해서 한마디 하지 않을 수 없었다.

　"아저씨, 수입품이라뇨? 사람이잖아요. 사람이 어떻게 수입품이 될 수 있어요? 그 사람들은 한국인과 결혼한 외국인일 뿐이에요. 사람이라고요. 그것도 고마운 사람요."

　또 얼마 전 대학원생 딸내미와 '결혼이주여성' 문제로 논쟁했다. 딸은 그녀들이 돈 받고 팔려 왔다고 했다. 일시금으로, 아니면 매달 일정 금액을 본국에 송금하는 조건으로 결혼했으니, 돈에 팔려 온 것이지 사랑의 결혼이 아니란다. 아빠의 비판과 설득에도 딸은 자신의 주장을 끝내 거두어들이지 않았다. 내 생각과 철학을 그래도 가장 닮았다고 생각한 큰딸에게 내 딴엔 실망하고, 적잖은 괴리감까지 느꼈다.

　우리나라의 40대 이상 국민은 대부분 '단일민족국가 이데올로기' 교육을 받았다. 그것이 우리나라 사람들을 상당 부분 국수적 민족주의자들로 만들었다. 우리밖에 모르는, 다른 사람을 멸시하는, 심지어 다문화 여성을 물건 취급하는, 그런 편협한 사고와 독선적 선민의식을 갖게 했다.

　굳이 글로벌 시대를 운운하지 않더라도 냉정하게 현실을 직시해 보자. 통계청 자료에 따르면, 체류 외국인은 꾸준히 증가해 2016년에 이미 200만 명을 넘어섰다. 결혼이주민도 2016년에 13만이나 됐다. 국제결혼의 증가로 다문화 학생도 빠르게 증가했는데, 2016년 10만 명 선으로 전체 초·중·고 학생 가운에 약 1.7%를 차지한다. 멀리 가지 않더라도 무주군의 2018년 현재 다문화가정은 215가구이며, 초등학생 수만도 126명(미취학 109명 별도)에 달해 군내 초등학생의 12%에 달한다.

　이런 현실인데도 우리는 언제까지 단일민족론에 갇혀 다문화가정 문제를 불편하게 보고, 거부하고 부정할 것인가? 미국의 슬럼가 형성이 남의 일이 아닐 수 있다는 생각은 좀 과한 반응일까? 흑인과 히스패닉에 유별났던 경제적 궁핍과 사회·정치적 소외가 그들을 음습한 구렁텅이로 내몰았음을 우린 잘 알지 않는가? 우리도 소통하지 않고 소외시키고 따돌린다면, 예의 그런 사회적 재앙을 맞이할 수도 있다는 얘기다.

단지 폐해를 막아보기 위한 이기적 발상이 아니라, 보편적 가치 속에서 생각해보자. 그들도 엄연히 하늘과 땅, 문화와 정치를 우리와 공유하는, 현행법적으로나 현실적으로나 그냥 우리나라 사람일 뿐이다. 그 이상도 그 이하도 아니다.

다문화가정의 아이들은 유치원이나 초등학교 저학년까지는 그래도 또래들과 함께 어울려 지내지만, 정체성이 형성되면서 조금씩 겉돌기 시작한다. 그 아이들이 정체성을 인식할 즈음에도 자연스럽게 어울려야 하는데, 어른들로부터 못된 인습을 물려받은 그 또래의 아이들이 '그들'을 '패싱'하게 되면 '그들'은 한국판 슬럼가를 형성할 수밖에 없다. 그것은 모두에게 불행한 일이다. 이 문제의 해결을 위해서는 먼저 어른들이 벽을 허물어야 한다. 어른들이 자연스럽게 받아들이면, 우리 아이들은 따라오게 되어 있다.

다문화 여성들과 상담하다 보면 자주 사춘기 자녀와의 의사소통 장애를 호소한다. 물론 자녀들도 도무지 엄마가 자신의 말을 알아듣지 못하고 이해하지 못한다고 하소연한다. 공감 능력을 문제 삼는 것이 아니다. 일차적인 언어표현 능력이 부족하다는 것이다. 사춘기 자녀가 부모와의 소통에 문제가 생기면 겉돌기 시작하는 법이다.

다문화 엄마와 사춘기 자녀와의 원활한 소통을 위해 단순한 한글 교육을 넘어, 의사 표현법을 바탕으로 한 말하기 교육을 해야 한다. 알다시피 표현능력 신장을 위한 최적의 학습법은 식구처럼 자연스럽게 일상의 대화에 초대하는 것이다. 직장에서,

우리는 산골고사로 살기로했다~

삶터에서 자연스럽고 깊이 있는 대화를 반복하다 보면 우리말 표현이 능숙해질 수밖에 없다.

그렇다. 다문화가정 문제는 이제 더 이상 '구경거리, 곁눈질 거리'가 아니다. 남의 일도 아니요, 색다르거나 불편한 일도 아니다. 우리 이웃의 일이요, 우리의 일이다. 그들은 난민도 아니고, 시혜적 대상도 아니다. 초창기 낯설고 버거웠던 관계를 지나, 이제 성숙해질 단계에 와 있다. 공기처럼 자연스럽게 우리의 일상에 스며들게 하자. 그것이 모두가 아름답고 행복하게 공생하는 길이다. (2018.05)

오늘의 고3 교실을 고발한다

전 무주고등학교 교사 | 현 무주신문 편집국장 박병오

나는 오늘 학생들을 고발하려 한다. 교사로서 학생들을 고발하는 것이 누워서 침 뱉기고 스스로의 치부를 드러내는 것임을 잘 안다. 학생의 부도덕은 내가 잘못 가르친 결과이고, 학생들의 품성을 지적하면 내 덕이 부족함을 자인하는 거니까. 그러나 부끄러움과 부작용을 감수하고서라도 난 분명 학생들을 고발하고 싶다.

지금 고발하고자 하는 대상은 어떤 특정한 학생도, 어떤 특별한 학교도 아니다. 우리나라 모든 고등학생들이며, 우리의 일반적인 교육 현장이다. 그런 면에서 오늘의 고발은 사실 학생들을 이렇게 만든 어른들과 현 교육 체제에 대한 고발인 셈이다.

알다시피 대학이 모집 인원의 76%를 수시로 선발하다 보니 대부분의 학교가 그 해 입시의 명운을 정시보다 수시에 걸 수밖에 없다. 농촌학교는 더 말할 것이 없다. 수시는 생활기록부(생기부)를 바탕으로 사정하기에 학생들은 대학 진학의 성패를 좌우하는 이 생기부에, 속된 말로 목숨을 걸 수밖에 없다.

교사는 학생들에게 교과든 비교과든 다양한 활동들을 제안하게 된다. 그때 학생들의 첫 반응은 '이거 생기부에 기록되나요?'다. 더 가관인 것은 '기록될 성격이 아니다, 기록해도 큰 의미 없어서 안 한다' 하면 바로 치고 들어온다. '그럼 안 할래요'라고. 언제부터인가 교수-학습 활동의 필요성을 따지는 기준이 교육적 효과와 당위성이 아니라, 생기부 기록 여부로 바뀌어 버렸다.

쓸쓸한 것은 이것뿐이 아니다. 교과 활동 중에 학생들의 활동 과정과 결과물에 대한 수행평가를 실시하는데, 모든 교과가 최소 30% 이상을 실시, 집필 평가와 결합하여 최종 성적을 산출한다. 그러다 보니 학생들은 수행평가에도 죽자 사자 매달릴 수밖에 없다. 이때 아무리 객관적인 평가 기준을 만들었다 해도 주관성을 배제할 수 없기에 시빗거리가 생기고, 종국에는 할퀴고 상처를 입히는 일도 일어난다.

1학기 때 말하기 수행평가를 실시했는데, 자기 점수에 대한 이의제기가 심각한 수준이었다. 정당하고 적절한 이의제기는 토론과 설득을 통해 서로 이해하고 상생한다. 그런데 보통은 꼭 비교 대상을 물고 들어온다. 왜 A는 10점인데 나는 9점이냐, B는 듣기 태도가 엉망이었는데 왜 10점이냐, C는 말하기 중 더듬었는데 왜 나보다 높은 거냐, 등등. 이렇게 항의받는 교사는 학생 앞에서 한 마리 벌거벗은 짐승 같다. 손톱을 세워 얼마나 독하게 할퀴자 달려드는지 가슴에 철갑은 두른 이라도 도무지 상처를 입지 않고 배겨낼 재간이 없다.

그런데 믿기지 않은 일은 2학기에 똑같은 말하기 평가를 주제만 바꿔 실시했는데, 많은 학생이 빵점을 받아도 좋으니 이 평가에 응하지 않겠단다. 1학기 때는 1점에 집착하며 선생님을 죄인 취조하듯 몰아세웠던 학생들은 자기소개만 해도 기본 점수를 준다는데, 준비하기 귀찮다며 아예 시험에 응하지 않았다. 그 수가 26명 한 반에 무려 20명이나 되었다. 이런 현상을 어떻게 이해할 것인가? 물론 일차적으로는 대학입시에 3학년 1학기까지의 내신 성적만 반영되고, 재수하지 않는 한 2학기 성적은 무용지물인 현행 제도 때문이다.

2학기 고3 교실은 휑하다 못해 을씨년스럽다. 농촌학교의 경우 수능 점수가 최저 기준을 충족해야 하는 등 수능이 필요한 학생은 26명 학급에서 대략 5명 안팎이다. 나머지 학생들은 대학생도 이런 대학생이 없다. 대학생들도 취업 걱정으로 인해 '먹고 대학생'이란 말도 옛말이 돼버렸는데, 지금 세상 근심 걱정 하나 없이 가장 편한 존재들은 수시에 대입 원서를 제출한 고3 학생들일 것이다. 이들은 학교에서 온종일 자거나 종일토록 친구들이랑 놀다 간다. 집에서 내내 자다가 급식 먹을 때쯤 나타나서 급식만 먹고 좀 놀다가는 녀석들도 적잖다.

이런 현상은 단순히 공교육 붕괴 차원만의 문제가 아니라, 교육 자체의 붕괴다. 1차적으로는 지금 현행 대입제도에서 6학기 중 5학기를 반영하는데, 지금의 정보처리 능력으로는 6학기 평가를 대입에 반영할 수 있는데도 그렇게 하지 않는 교육 당국에 그 책임이 있다. 그러나 근본적 책임은 대학을 과정이 아닌 최종 목표로 설정

우리는 산골교사로 살기로했다

해준 어른들에게 있다. 또 고등학교가 본연의 제 기능을 못 하고, 대학 진학의 디딤돌 역할밖에 못 하는 교육 현실의 탓이기도 하다. 이런 어른들의 실수와 판단 착오에 병들어 가는 것은 우리 애들이다.

  그러나 이 문제들은 본질적으로 미래의 행복을 저당 잡고, 지금 여기의 행복을 내팽개친 우리 사회의 어리석음에서 시작되었다. 우리 사회는 중학교는 고등학교로, 고등학교는 대학교로, 또 취직 이후로, 결혼과 집 장만 이후로, 또 애들 성장 이후로 행복을 유예시키라 한다. 그러다 보니 우리는 평생 행복의 꽁무니만 따라다닌다. 이제라도 아이들에게 더 이상 미래의 꿈을 꾸라고 보채지 말고, 지금 여기의 행복을 누리게 하자. 그러려면 우리 사회가 아이들에게 그때그때의 행복을 선물하는, 목표지향적 사회가 아니라 과정 중심적 사회를 지향해야 한다. (2018.10.)

'다양한 줄 세우기'는 계속돼야 한다

전 무주고등학교 교사 | 현 무주신문 편집국장 박병오

우리나라 국민은 대부분 자칭 교육전문가다. 그도 그럴 것이 고학력 시대에 걸맞게 대학 졸업장을 갖고 있거나, 대학생 자녀를 두고 있어 길게는 20년 가까이 나름 교육에 '헌신'해 왔기 때문이다. 그런 사람들에게 '숙명여고 사건'은 하이에나 무리에게 내던져진 들소 사체 같다고나 할까? 일터에서, 술좌석에서, 인터넷상에서 실체를 알아볼 수 없을 만큼 이리저리 충분히 찢겨, 확실히 미분이 됐다.

시험지 유출 사건으로 이렇게 교육에 대한 신뢰가 깨진 마당에, 2019학년도 수능이 소위 '불수능'으로 출제돼 현행 대입제도에 대한 불신이 극에 달했다. 단순한 불신을 넘어 일부에서는 '수시 폐지와 정시 확대'라는 주장까지 나오고 있다.

청와대 국민청원 홈피에 숙명여고 시험지 유출 사건과 관련하여 수시 폐지와 정시 확대를 요구하는 글들이 다수 올라와 있다. 청원은 '비리의 온상인 수시 학생부종합전형(학종)을 없애고, 그나마 공정한 수능 정시로 입시제도를 일원화하자'는 것으로 요약된다. 대체로 우리 국민의 교육에 대한 대원칙은 기회의 평등과 관리의 공정, 그리고 결과의 정의다. 이런 기대와 원칙이 무너졌으니 속상하고 분해하는 심정은 충분히 이해할 만하다.

그러나 성적을 포함 3년의 교육과정 전반의 결과를 바탕으로 지원하는 현행 입시제도를 버리고, 획일적으로 치르는 일회성 시험인 수능만으로 대학을 결정하는 제도가 과연 평등·공정·정의를 담보할 수 있는가? 학력고사부터 수능 100% 시대를 거쳐 현행 수시 제도에 이르기까지, 오랜 기간 대학입시 현장의 한복판에서 살아왔던 필자의 생각은 다르다.

물론 일각에서 주장하는 것처럼 수시의 근간인 '내신 성적' 산출에 다소의 문제가 있는 것은 분명하다. 일부의 사례이긴 하지만, 수시 전형과 관련한 많은 편법이 그렇다. 부모들의 등골을 휘게 하는 과도한 사교육, 최상위권 학생들에게 상 몰아주기, 서술형 평가나 수행평가의 공정성 의문, 보이지 않는 학생 차별과 부모 '빽'으로 만들어진 생활기록부, 노트도 빌려주지 않는 초절정의 이기적인 경쟁, 질이 다른 여러 학교의 내신 성적의 등가성, 교내 시험의 관리 부실과 교사의 '갑질' 등등 문제 삼자고 들면 한두 개가 아니다.

그런데도 필자는 많은 시행착오를 거치며 정착된 현행 입시제도가 최상이라고 생각한다. 빈대 잡자고 초가삼간을 전부 불태울 수야 없지 않은가?

수시 중심의 현행 제도가 수능 100% 제도보다 도농 지역과 빈부 계층에 고루 평등하고 기회를 균등하게 부여하는 것은 사실이다. 일각에서는 수시 제도가 최고 사양의 사교육으로 관리와 맞춤식 셋팅이 가능한 강남 8학군에 유리하다 하나, 그것은 수능에서도 매한가지다. 강남은 여러 입시제도 도입 첫해는 다소 고전했지만, 이듬해부터 어떤 제도든 살아남아 최고로 군림해 왔다.

그런데도 3년의 고교 생활을 충실히 반영한 '생기부'는 대학이 사술을 부리지 않는 한 강남이나 시골이나 공평한 제도임은 분명하다. 그래서 수능 제도로는 현실적으로 불가능한 서울대나 의대를 무주고에서도 꿈꿀 수 있는 것이다. 수능 100% 제도는 지방의 일반고를 괴사시킬 수밖에 없음을 알아야 한다.

원론적인 얘기지만, 교육과정의 정상화 측면에서도 현행 제도가 더욱 합당하다. 고등학교는 '세계 시민으로서의 자질을 함양하기 위해' 다양한 활동으로 학생들의 전인적 성장을 돕는다. 그러므로 그 다양한 활동 결과를 바탕으로 상급학교로 진학하는 것이 마땅하지 않은가? 수능 100% 제도로 바뀌면 이런 교육과정과 교육목표는 쓰레기통에 버려질 수밖에 없다. 그러면 활동 중심의 다양한 교과 수업은 무너지고 '수능 문제풀이'만 집중할 수밖에 없으니, 고등학교는 본연의 목적을 잃고 대학 진학의 발판으로 전락할 수밖에 없다.

단순 지식의 암기력을 측정하는 학력고사나 학습 결과를 오지선다형 객관식 문제로 측정하는 수능은 이미 과거형이다. '수능'은 빈부 격차를 줄이고 '개천에서 용

나는 제도'고, '학종은 깜깜이 전형이므로 부유층과 특목고에 유리하다'는 정보는 사실이 아니다. 수시가 정시보다 더 많은 용을 만들어낸다는 것이 현장의 증언이다. 결국 정시 확대, 수능 100% 주장은 사교육 확대나 금수저는 금수저로 남겠다는 주장의 다른 이름에 불과하다.

성장하는 학생들은 간단한 셈법으로 가름할 수 없을 만큼 다양하다. 이렇게 다양한 학생들을 수능 점수로 '한 줄 세우기'를 하자는 것은 시대착오적 발상 정도가 아니라, '5G 시대보다 2G 시대가 더 빨랐다'라고 주장하는 것만큼 어이없는 일이다.

교과 활동뿐만 아니라 독서, 봉사, 동아리는 물론이고 꿈을 설계하기 위한 각종 탐구 활동에 이르기까지 다양한 활동을 하면, 대학교에서 그 결과를 분석·측정해 적합한 인재를 선발하는 현행 제도가 4차 혁명과 5G 시대에 적합하다는 것은 상식적이다. 지금이 I.Q 하나로 사람을 평가하는 시대가 아닌 만큼, 한 줄 세우기 시대는 끝났다. 다양한 줄 세우기는 계속되어야 한다. (2018. 12.)

학교 안의 폭력, 돌아보기

전 무주고등학교 교사 | 현 무주신문 편집국장 박병오

필자의 고교 시절, 추억의 에피소드다. 수업 종료종이 울리자마자(때로는 수업 중일 때도), 뜬금없이 '전교생 5분 내 운동장 집합'을 알리는 교내 방송이 나온다. 그러면 곧바로 죽느냐 사느냐, 1천여 마리 들소 떼의 폭주가 시작된다. 학생들이 쏟아져들어오는 운동장 양쪽에 사천왕처럼 서 있던 '학생부' 교사들은 일정 시각이 지나면 늦게 나오는 학생들에게 무자비한 몽둥이세례를 퍼붓는다.

마구잡이로 휘두르는 몽둥이를 피하려다 보니, 학생들은 좌충우돌하고 심지어 넘어져 밟히기도 한다. 선한 가르침이 있어야 할 학교에서 흡사 영화 속 삼청교육대의 한 장면과 유사한 일이 벌어진다.

그렇게 선착순 집합이 완료되면 뙤약볕 아래 이유도 묻지 않는 기합이 시작된다. 엎드려 팔굽혀펴기는 기본이고, 당신의 군대 경험을 최대로 활용한 '좌로 굴러 우로 굴러, 앞으로 취침 뒤로 취침'까지 한참을 하고 나면 입에 단물이 고일 정도다. 한 30분 이상 진행되고 나서야 벌 받는 이유를 말해준다. 대개는 흡연자, 패싸움, 불법 영화감상 등의 교칙 위반자 색출이 그 이유다.

필자의 신규교사 시절, 추억의 에피소드다. 어느 날 교무회의의 시간. 학생부장이 계엄령 선포하듯 전달한다. 잠시 후 '애국 조회'가 있는데, 운동장 조회는 부담임이 참석하고 담임교사들은 교실에서 학생들의 가방을 뒤지란다. 학생 동의 없는 소지품 검사는 인권 침해라는 신규교사의 치기 어린 항변에 교장은 '교장의 명을 받아 교육한다'는 교육법 조항을 들먹이며, 명을 받들라 호통을 친다.

두 예화는 워낙 자명한 일이라, '폭력 도핑테스트'를 실시하고 말 것도 없다. 수업권 침해, 몽둥이세례, 이유도 설명해 주지 않는 기합, 일부의 잘못을 전체에게 묻는 단체 기합, 학생 동의가 생략된 소지품 검사, 인권 침해를 강요하는 교장의 명령, 그 모두가 폭력이고 인권 침해다.

다시 30년 후, 그 사이 「교육기본법」과 「초·중등교육법」에서 폭력과 인권 침해의 조항들은 많이 개정되었다. 그리고 경기도교육청을 필두로 서울, 광주, 전북 등의 교육청에서 '학생인권조례'가 제정되었다. 그 조례에는 '차별받지 않을 권리, 폭력 및 위험으로부터의 자유, 사생활의 비밀과 자유 및 정보의 권리, 양심과 종교의 자유 및 표현의 자유, 자치 및 참여의 권리, 복지에 관한 권리, 징계 등 절차에서의 권리, 권리 침해로부터 보호받을 권리, 소수자 학생의 권리 보장' 등이 포함돼 있다.

그러면 오늘의 학교는 폭력으로부터 자유로운가? 또 교사나 학생의 인권 침해는 없는가? 작년 '경남교육청 학생인권조례' 제정이 개신교 중심의 반대 집회 등으로 좌절된 사례는 위 질문에 대한 간접적 답변이지 않을까 싶다. 학생 인권 문제는 2019년 지금도 여전히 진행형이다.

케케묵은 문제지만, 두발 규정은 많이 완화됐다고 해도 몇 가지 제약은 존재한다. 파마와 염색은 안 된다든가, 염색을 허용하되 옅은 갈색만 허용한다는 조항이 대부분 학교에서 여전히 살아 있다. 빨간색이면 어떻고 파란색이면 어떤가? 학생들이 기호와 미적 감각에 맞게 색깔을 선택하게 하면 정녕 안 되는 걸까?

교복도 찬반 논란이 있지만, 획일적으로 강제하는 것은 분명 교육의 이름으로 자행되는 폭력이다. 같은 옷을 이틀 연속 입는 것을 끔찍하게 생각하는 패셔니스타 우리 막내딸에게 1년 내내 같은 교복만 입으라니, '오, 테러블!' 그 자체다. 강제로 교복을 입히고, 입지 않는 학생들에게 벌점을 부여하고 불이익을 주는 시스템은 인권 침해를 교칙으로 정당화한 셈이다.

'수행평가'에서도 학생들의 볼멘소리가 많이 나온다. 성적 자체가 예민한 사항이라 더욱 섬세하게 배려해야 하는데도 현실은 평가 내용과 방법, 실시 시기 모두가 교사의 일방통행이다. 교사 1인의 주관적 평가 기준과 평가 결과의 수용 강요도 학생들은 교사의 '갑질' 내지 폭력으로 받아들인다. 이 밖에 등교 후 휴대폰 일괄 수거, 강제 집단 강연 및 교육, 이성 교제 제약, 등교 후 외출 금지, 반강제적 자율학습, 학교의 에어컨 통제 등등 찾아보면 그냥 지나치기에 불편한 것들이 여전히 많다.

학생 인권을 언급하는 일이 불경한 일이고, 무모한 일일 때가 있었다. 그러나 이제는 다양하고 섬세한 부분까지 인권에 대한 논의가 진행되고 있다. 내년부터 일부이긴 하지만, 강좌와 시수 결정 등 교육과정 선택권을 학생에게 준단다. 또 교복은 있지만, 선택권을 학생에게 주는 학교도 있다. 그야말로 교복도 하나의 사복으로 간주한 셈이다.

이렇게 돌아보아 제도와 시스템 속에서, 교사-학생의 위계질서 속에서 알게 모르게 침해되는 인권 문제는 없는지, 그게 폭력인지 아닌지 살펴보고 또 살펴보아 차근차근 개선할 일이다. 그래야 학생들이 행복하다. 그러면 학부모도, 교사도 행복해진다. (2019.08.)

전교조, 법외 노조 무엇이 문제인가?

전 무주고등학교 교사 | 현 무주신문 편집국장 박병오

매주 수요일 16시 30분에 전교조 무주지회 소속 교사들이 풀마트 앞에서 1인 시위를 시작한 지 두 달이 되어간다. 지나가던 학생들이 자기 선생님들의 낯선 모습을 보고 묻는다.

"선생님, 뭐 하세요?"

"선생님, 전교조가 뭐예요?"

"선생님, 법외 노조가 뭐예요?"

때론 어르신들도 묻는다.

전교조는 무엇이고, 듣던 대로 '이상한 교사'들이 모인 불온한 집단인가?

전교조는 민족, 민주, 인간화 교육을 강령으로 하는 전국교직원노동조합의 약자다. 즉, 전국에 있는 교직원(교사 및 행정직원)의 권리와 복지를 위해 단결하고 교섭하는 노동조합인데, 아쉽게도 노동삼권 중에 '단체 행동권'은 주어지지 않았다. 그런데 30년째 조합원인 나는 전교조가 노조로서 활동한 것을 본 적이 거의 없다. 즉 전교조는 월급 인상을 비롯한 조합원의 복지 같은 근무 여건에 대해 목소리를 낸 적이 거의 없는 '사이비' 노조다.

그저 학생들의 인권과 참교육, 학교의 비민주적 운영과 신자유주의적 교육정책 등이 전교조의 주요 관심사고, '투쟁'해야 할 대상일 뿐이다. 그래서 좀 억울하다. 때론 보수 언론이 주장하는 일부 '귀족 노조'처럼 그냥 임금과 근무환경 개선 같은 조합원 복지에만 목소리를 높이고, 머리띠를 두르고, 연가 투쟁을 하면 좋겠다는 생각도 든다.

그런데 촌지 거부, 입시 부정 규명, 학생 인권 침해가 예상된 나이스 반대, 생때같은 제자들의 생명을 앗아간 세월호 진상 규명, 학생들을 경쟁과 줄 세우기로 내모는 각종 교육정책 반대, 왜곡 의도가 분명한 역사 국정교과서 반대 등에만 열을 올렸다. 조합원과 직결된 활동으로는 해직 교사 복직 투쟁이 거의 유일할 정도다.

그러다 보니 이런 쟁점들에 전교조와 대척점에 있는 사람들은 좌 편향, 사회주의 사상 주입, 교육 현장의 정치 이념화, 의식화 교육, 좌경화, 친북 성향, 빨갱이 교사 등으로 전교조를 왜곡하고 폄하했다. '레드 콤플렉스'를 이용한 종북 프레임 씌우기다. 반대파를 공격하는 가장 손쉬운 방법이 여기에도 사용된 것이다.

지금도 보수 정권은 전교조를 못 잡아먹어서 안달이다. 2013년 이명박 정부는 눈엣가시 같은 전교조를 6만 회원 중 단지 9명이 현직 교원이 아니라는 이유로 '노조 아님(법외 노조)'을 통보했다. 해서 현재 전교조는 법 밖의 노조이니 정부 지원은커녕 법의 보호를 받을 수도, 노조 구실을 할 수도 없는 비합법적 단체다. 그야말로 친목 단체 같은 결사체에 불과하다.

이에 전교조는 재량권 남용과 비례원칙 위반을 들어 행정 소송과 사법적 심판을 요구했지만, 전교조를 불편하게 보는 이들의 결탁은 여전히 공고하기만 하다. 그래서 우리는 '법외 노조' 통보나 그 판결이 현행법 위반이라는 법리보다 '전교조 죽이기'라는 의도된 공작 정치라는 것을 안다. '법외 노조 판결'과 상반된 1997년 서울고법(재판장 권광중)의 「노조 활동 금지 가처분신청」 인용문이 공허하게 다가오는 이유다. '조합원 중 일부가 자격이 없는 경우 바로 노동조합법상의 노조 지위를 상실하는 것이 아니다.'

정치 공학을 떠나 지극히 상식적으로 접근해 보자. 소속 조합원으로 전교조 지침과 행동 강령 속에 활동하다 해직된 교사를 현직 교사가 아니라는 이유로 조합원 지위를 박탈하고 그들의 해직을 나 몰라라 한다면 그게 노조라고 할 수 있겠는가? 그런 배신의 상급 조직을 위해 누가 헌신하겠는가?

더욱이 힘없는 사람들끼리 연대하고 결사해서 억울하고 핍박받을 때 공동 대응하자고 만든 것이 노조가 아니던가? 이 세상에 해직된 조합원을 내치고, 그 조합원의 복직을 위해 싸우지 않는 노조는 하나도 없다. 그런 일을 하려고 만든 것이 노조니까.

17명의 교육감 중 14명의 진보 교육감 시대를 열었다. 들불처럼 번지는 혁신학교, 촌지 근절, 학교의 민주적 운영, 교사의 복지 향상, 학생 인권신장, 성 평등 실현, 무상급식, 부패사학 근절, 학교 운영위 설치와 교육 자치 실현 등등 직간접적으로 전교조의 피땀이 서린 성과들이 무수히 많다.

다른 것을 떠나 이제 전교조는 우리 교육을 이끌어가는 주체로서 굳건히 자리매김 됐다. 그러니 전교조를 내치고 교육 문제를 논한다는 것은 어불성설이다. 이제 전교조를 교육 주체로 인정하고 파트너로서의 지위를 부여해야 한다. 그것이 현명한 교육 당국의 처사라고 확신한다. 마지막으로 전교조의 법외 노조 판결을 앞두고 있는 대법원에 양심과 정의가 살아 있기를 소망해본다. (2019.11.)

소규모 학교 통폐합,
전향적인 검토가 필요해

전 무주고등학교 교사 | 현 무주신문 편집국장 박병오

출생률 저하와 젊은 층 유출로 인한 인구 감소로 관내의 소규모 학교(50명 이내)가 늘고, 이에 따른 문제점도 커지고 있다. 전교생 10명(2019년 기준, 할머니 학생 2명 포함)과 교직원 12명인 관내의 한 초등학교에 투입되는 1년 예산(인건비, 표준교육비, 목적사업비 등)은 어림잡아도 10억 원이다. 여기에 매년 몇천씩 들여 도서실, 급식실, 운동장, 관사 등을 개보수하니 학생 1인당 교육비가 1억 원이 훌쩍 넘는다.

물론 비용의 효율성, 즉 경제 논리로 소규모 학교의 통폐합을 주장하는 것은 문제가 있다. 그러나 이제 1인 1학급의 불편한 현실을 직시하자. 그리고 소규모 학교의 통폐합 문제를 전향적으로 검토했으면 한다. 떠밀려서 '어쩔 수 없이'가 아니라, '우리가 필요하니' 능동적으로 검토하자는 것이다.

학교가 지역 문화를 선도하고 지역사회의 거점 역할을 담당하는 것은 분명하다. 또 '소규모 학교 통폐합은 경제·정치 논리로 교육을 포기하는 것'이라는 주장에도 나름 공감한다. 그런데 소규모 학교도 소규모 학교 나름이다. 즉, 단순히 효율성만을 내세운, 학생 수 100여 명의 학교를 통폐합하자는 주장에는 반대하지만, 전교생이 10여 명밖에 안 되는 학교까지 존속시키자는 것에는 동의하기 어렵다.

보통 소규모 학교의 존속 이유로 학생의 '학습권을 보장'을 거론한다. 즉 소수의 학생을 지도하기 때문에 학생들의 학습 능력이 신장되고, 학교가 가까이 있어 학생들이 안전하고 편리하게 생활할 수 있다는 것이다. 어느 정도 공감되는 면이 있으나, 그런 논리는 소규모 학교 학생들의 기초학습 능력이 일반 학교에 비해 떨어진다는 통계와 저마다 자가용이 있고 스쿨버스나 통학택시 같은 통학 수단이 마련돼 있는 현실 앞에서는 설득력이 떨어진다.

물론 한 학년(학급) 인원이 1명이면 과외 수업하듯 맞춤형 수업이 이루어질 수 있다. 그러나 1인 수업은 어쩔 수 없이 교육과정의 파행적 운행과 또래 문화의 부재로 인한 잠재적 교육과정의 붕괴로 이어져, 더 큰 문제가 야기될 수밖에 없다. 근래 또래 집단의 영향력이 부모보다 크다는 양육가설이 설득력을 얻고 있는 점을 감안하면, 하루 종일 친구 한 명 없이 교사만 쳐다보는 아이에게 또래문화를 통한 사회화나 사회성 배양을 기대하는 것은 애초부터 불가능한 일이다.

관내 소규모 학교의 학생 수를 보자. 부남초 10명, 부당초 11명, 괴목초 30명, 적상초 33명, 무풍초 34명, 부남중 10명, 적상중 14명, 무풍중 23명, 무풍고 13명 등이다. 올해는 4~7명의 졸업생 대신 0~2명의 입학생으로 인해, 그 수가 더 줄 수밖에 없다.

부당초와 부남초를 통합하면 21명, 괴목초와 적상초를 통합하면 63명의 초등학교를 운영할 수 있다. 그리고 부남중과 적상중을 통합하면 24명의 중학교가 생긴다. 또 무풍중과 설천중, 그리고 무풍고와 설천고를 통합하면, 이전보다 두 배쯤 큰 규모로 학교로 운영할 수 있다. 물론 소규모 학교를 통합하면 통학 거리가 늘어 그만큼 안전에 대한 걱정도 늘 수밖에 없다. 그래도 최장 15분을 넘는 곳은 없다. 지금도 10분 정도의 시간이 소요되니, 통학 시간은 그리 문제가 될 것 같지는 않다. 오히려 이런 통합으로 복식 수업이나 유·초·중 통합학교에서 발생하는 문제들은 자연스레 해결될 수 있다.

소규모 학교를 통폐합하면 1~2명이 아닌 3~7명의 학급 친구들이 생겨나 또래 문화가 형성되고, 이에 따라 학습 의욕도 증가하고, 교육과정의 정상적 운영으로 균형적 교육이 가능해진다. 비용 면에도 중복투자를 막고 불필요한 지출을 최소화할 수 있다. 이렇게 절감한 비용은 학교 비정규직의 정규직화나 장애인복지회관 건립 등 예산 문제로 난관에 봉착한 문제들을 해결할 수 있을 것이다. 그리고 소규모 학교 운영보다 교사의 행정업무가 경감되고, 그 여력은 고스란히 교육 본연의 활동에 투입될 것이다.

일단 통합 논의가 시작되면 지역사회의 반발이 만만치 않을 것이다. 학교마저 떠나면 마을 공동체의 붕괴가 가속화될 것이라는 지역민들의 우려를 무시할 수도 없다. 그러나 지역민들도 교육 당국도 통합 논의의 출발점은 '학생'임을 잊지 말아야 한다. 즉 '소규모 학교의 통합이 왜 학생들에게 좋은 것인가, 어떤 환경이 진정으로 학생들의 학습권을 보장할 것인가'를 우선으로 생각하자는 것이다. 통합 문제는 예민한 문제라서 고양이 목에 방울 다는 격이다. 그러나 아이들에게 필요하다면, 또 유익하다면 좌고우면하지 말고 논의를 시작해야 한다. 지금이 그때가 아닌가 한다. (2020.01.)

『공부의 미래』를 읽고
무주의 '미네르바스쿨'을 그려본다

무주고등학교 교감 이영주

IT전문 저널리스트이자 디지털 인문학자인 구본권(사람과디지털연구소 소장)박사의 저서인 『공부의 미래』를 접했다. '어떠한 지식과 기술이 필요할지 알 수 없는 미래를 대비하기 위해선 무엇을 어떻게 공부해야 하는가'라는 공부의 본질에 관한 질문을 마주하면서, 1부에서는 미래에 유용한 도구와 전략, 2부에서는 미지의 미래에 핵심이 될 인간 능력, 그리고 3부에서는 동기부여와 메타인지에 관한 내용을 다루고 있다. 답 없는 문제에 직면해 스스로 해결 방법을 찾아온 생존의 기록이자 공부의 기록, 이제 인공지능 시대를 맞아 선조들이 그랬듯 생존과 번영을 찾아가는 여정이 바로 공부의 미래라는 것이다.

우리나라의 입시 위주 교육은 오랫동안 학력고사와 수능시험처럼 정답 맞히는 능력으로 학생들을 줄 세워 왔지만, 앞으로는 달라질 수밖에 없을 것이다. 미래를 대비한 교육은 지금 교실에서 가르치는 능력과는 다른 무엇인가를 가르쳐야 하지 않을까. 미국의 교육전문가 찰스 파델(Charles Fadel)과 버니 트릴링(Bernie Trlling)은 이미 2009년 그들의 저서에서 미래사회의 핵심역량을 4C - 창의성(Creativity), 소통 능력(Communication), 비판적 사고(Critical Thinking)와 협업 능력(Collaboration) - 로 요약했다. 이런 면에서 기존의 학교와 다른 시스템과 내용으로 지식을 가르치는 대신, 배우는 법을 가르친다는 '미네르바스쿨'에 관심을 가져본다.

'미네르바스쿨'은 캠퍼스가 없으며, 모든 학생은 입학과 동시에 전 세계를 이동하게 된다. 1학년은 미국 샌프란시스코에서, 2학년부터는 서울, 베를린, 부에노스아이레스 등 7개 도시 기숙사를 이동하면서 지내기에, 자연스럽게 각국의 문화를 배우고 국제적인 감각도 기르게 된다. 모든 수업은 100% 온라인으로만 이루어지며 수업은 '플립 러닝'(우리말로 거꾸로 수업) 방식으로 수업 전에 관련 자료를 먼저 숙지하고 이를 바탕으로 한 토론으로 이뤄진다. 중요한 점은 '미네르바스쿨'의 핵심 내용이다. '비판적 사고력', '창의적인 생각', '효과적인 의사소통과 상호작용'을 수업의 중심에 두고 있으며 이는 앞서 거론한 미래사회의 핵심역량인 4C와 일치하고 있다.

말하고자 하는 바는 교수-학습 방법이나 제도, 장소, 대상을 달리하는, 어떤 새로운 교육시스템을 만들거나 갖추자는 것이 아니다. 끊임없이 새로운 것을 배워야 하는 평생학습의 시대에, 미래를 준비하기보다 오히려 학생들을 위기로 내몰고 있지 않은지, 우리의 수업과 우리의 교육을 냉철하게 짚어 보자는 것이다. 지금까지 우리나라 교육의 틀을 벗어나는 노력을 이곳 무주에서 한번 해보자는 것이다.

이런 노력 중에 첫 번째로 가장 중요한 것은 인식의 전환이다. 학생이든 학부모이든 지역사회든지 모두가 다 같이 눈앞의 학업성적이나 진학성적에 연연하지 않는 교육목표에 대한 인식 제고가 필요하다. '공부 잘하는 괴물'들을 만들어내기보다는, 자신의 삶을 제대로 만들어 나갈 수 있도록 하는 방법이 무엇인지 다 같이 고민해야 한다. 이를 위해서 학부모 교실이나 학부모 독서토론, 학부모 상담과 강사 초청 강연 등을 통해서 진정한 교육의 본질을 다시 생각해보고, 미래사회의 핵심역량의 중요성을 재인식하여야 할 것이다.

둘째는 무주교육공동체(가칭)의 구성이다. 지금 무주 관내 중학교는 6개교에 500명 내외이며, 초등학교는 10개교에 1,000명 내외이다. 유치원 교육이 제대로 안 되면 초등학교가 어렵고, 결국 고등학교까지 그 영향이 고스란히 미치기 마련이다. 전교생 열 명 남짓한 학교가 있다. 이대로 둔다면 어떻게 끌고 가야 하는지, 변화한다면 어떻게 바뀌어야 하는지 고민하고 있는가. 백 년이 아니라 십 년이라도, 아니면 오 년이라도 앞을 보면서 나갈 수 있도록 무주의 교육정책이 잘 짜여야 한다. 무주의 모든 교육기관이 서로 머리를 맞대고 지혜를 짜내어야 한다. 무주교육공동체는 그 중심에서 서서 기존의 목표를 과감히 버리고 미래사회의 핵심역량을 어떻게 키워나갈 수 있는지 그 방향을 제시해야 할 것이다.

셋째는 교육시스템(방과 후)의 변화이다. 우리 학생들도 결국은 대한민국 교육시

우리는 산골교사로 살기로했다

스템의 틀에 박혀있다는 한계를 가지고 있는 만큼, 정규 교육과정을 바꾸거나 현재 교육의 틀을 전면적으로 바꾸기는 어렵다. 하지만 방과후학교가 있다. 전문가를 초빙하든, 교사를 양성하든, 학부모를 활용하든, 청장년을 키우든, 전문적인 강사를 활용해야 한다. 창의성, 소통 능력, 비판적 사고력과 협업 능력을 분야별로 혹은 융합으로, 초등학교 때부터 고등학교 졸업할 때까지 쉽게 꾸준히 접할 수 있도록 해야 한다. 독서를 하든, 코딩을 배우든, 드론을 날리든, 현장체험을 가든, 미래사회의 핵심 역량인 4C를 방과후학교의 중심에 두고 운영하자는 것이다.

학생들은 교사에게 묻는다, 지금 배우는 수학의 미적분, 영어의 어려운 어휘와 읽어도 잘 이해가 되지 않는 국어의 지문 등은 언제 어디에서 사용하게 되냐고. 물론 배우기도 어렵고 졸업하면 평생 한 번도 사용하지도 않을 수도 있다. 하지만 대답으로 내세우는 것은 '배움의 자세'이다. 무언가 새롭고 어려운 내용을 접하므로 갖게 되는 올바른 배움의 자세로 자신들의 미래를 제대로 만들어 나가게 될 것이라고. 다만 이제는 이런 '배움의 자세'에 더해 구체적인 네 가지 핵심역량 - 창의성, 소통 능력, 비판적 사고력과 협업 능력을 무주교육의 중심에 두고, 무주의 '미네르바스쿨'을 한번 만들어 보자는 것이다. (2019.10.)

3년 동안의 독서동아리 활동을 마치며

무주고등학교 교감 이영주

무주고 독서동아리의 이름은 '람보르기니'이다. 그저 자동차 이름을 가진 다른 독서동아리를 뛰어넘자는 의미에서 우연히 명명한 이름인데, 이 이름을 가지고 2017년부터 3년 동안 독서동아리를 꾸려왔다. 그리고 지난 12월 6일과 7일, 마지막 행사로 밤샘독서 및 평가회를 갖고 동아리 활동을 마무리하였다.

1주일에 한 번씩, 매번 두 시간 이상 독서와 토론을 목표로 동아리를 이끌어 왔다. 고등학교 1학년이던 2017년에는 『돼지가 한 마리도 죽지 않던 날(로버트 뉴튼 펙)』, 『징비록(류성룡)』, 『인간 실격(다자이 오사무)』 등의 10권의 책을 정해서 읽고, 군산과 서울 등으로 문학기행을 다녀왔다. 2018년에는 정해진 도서 없이 독서 활동을 하면서, '서시'와 '김약국의 딸들'을 읽고 윤동주의 서울과 박경리의 통영을 방문하였다. 고등학교 3학년이 된 2019년에는 대학 진학과 관련한 전공 관련 도서를 선정하여 읽으면서도, '서울책보고' 중고 서점을 방문하여 한 아름씩 자신이 좋아하는 책을 골라 선물을 주기도 하였다.

작가와의 만남 행사도 매년 이루어졌다. 『공부 중독』의 엄기호 작가를 학교로 모셔 독서토론회를 가졌고, 『회색 인간』의 김동식 작가와 함께하는 북 콘서트, 『파란 하늘 빨간 지구』의 조천호 교수를 서울에서 만나 지구온난화에 대한 특강을 듣고 함께 토론하는 기회도 가졌다.

이런 3년 동안의 독서동아리에 대한 학생들의 평가에 관해 이야기하고자 한다.

첫째, 고등학생들이 독서 활동에 꾸준히 참석하지 못한 가장 큰 이유로는 시험이나 수행평가, 학교 행사, 공부 시간 등으로 시간이 부족하다는 대다수의 의견이다. 독서동아리를 이끌어 오면서 가장 힘들었던 점도 역시, 시험 기간 3주 전부터는 독서 활동을 권장하기가 어려웠던 점이다. 또한, 방학 기간도 독서를 많이 할 수 있을 것 같지만, 간혹 독서 휴식기가 되기도 했다. 휴식 시간에 핸드폰은 가까이하기 쉽지만 좋아하는 책을 읽는 독서 활동을 휴식으로 여기는 습관은 여전히 소원하다. 그런

면에서 일과 중에 특정한 독서 시간을 갖기보다는 어디서든 언제든지 책을 읽을 수 있는 전천후 독서 습관을 어려서부터 길러줘야 하지 않을까 싶다. 물론 핸드폰은 독서의 적이다.

둘째, 독서동아리의 활동이 대학 진학에 도움이 되었을 뿐 아니라, 부수적인 장점으로 친구와 친해지고 다양한 경험을 하게 해주었다는 점을 높게 평가했다. 이런 평가 결과는 문학기행이나 작가 초청 행사를 추진하면서, 곁가지로 도서관 방문, 연극 관람, 게스트하우스 숙박 등을 병행한 결과로 여겨진다. 실제 방문 위주의 문학기행에 대한 답변보다는 체험 위주의 문학기행이 독서 활동에 더 효과적이었다는 설문 조사 결과가 이를 뒷받침해준다. 책임지고 인솔하는 교사로서 상당한 부담이 있겠지만 가능한 범위에서 학생 스스로 기획하고, 체험하는 독서 관련 활동이 더 적극적인 참여를 이끌어내고 목표 이상의 가치를 얻는 행사가 될 것이다.

셋째, 작가와의 만남 행사에서 학생들은 일방적인 듣기보다 질문하고 말하고 싶은 활동을 원한다는 점이다. 행사를 추진하는 교사와 강사 입장에서는 일단 글을 쓴 동기, 집필 과정, 전달하고 싶은 주제를 비롯해서 해야 할 이야기가 너무 많은 것은 사실이다. 하지만 학생들은 올곧이 듣기만 하면서 고개를 끄덕이는 착한 청중보다는, 자신이 궁금해하는 부분에 대해 많은 질문을 가지고 있고 늘 말하고 싶다는 점을 간과하고 있다. 아무리 유명한 작가를 모시더라고 1대 다수로 앉은 형태에서 벗어나, 원탁으로 놓고 누구라도 한 번씩 발언할 수 있는 기회를 갖고 싶어 한다. 비싼 강사료를 아깝게 생각하지 말고, 오히려 책을 읽고 온 학생들에게 질문하고 대답할 기회를 같은 양만큼 주어야 하지 않을까 싶다.

넷째, 독서동아리가 가야 할 방향으로, 독서가 단지 대학에 가기 위한 수단이 아닌 평생을 같이하는 활동으로 느끼게 해야 한다는 조언이 있었다. 고등학교 1학년 때처럼 엄선된 책을 강제하면서라도 읽도록 하며, 하물며 시험 기간 등에 연연하지 않고 꾸준히 독서동아리 활동을 해야 한다는 점을 지적하였다. 아마 3년을 보내고 나니 아쉬웠던 점이 많았던 것 같다. 아무리 강조해도 그때는 모르고, 시간이 지나야 제대로 보이는 것 같다. 평생 같이해야 하는 활동, 강요하면서라도 해야 하는 활동, 앞둔 시험보다 우선하는 활동 — 3년간 독서동아리에 참가한 고등학교 3학년 학생들이 독서의 가치를 평한 결론이다.

일일부독서(一日不讀書), 구중생형극(口中生荊棘) - '하루라도 책을 읽지 않으면 입속에 가시가 돋는다'는 말이다. 여순(旅順) 감옥에서 안중근 의사가 사형을 앞두고도 의연하게 쓴 글귀다. 3년간의 독서동아리 활동을 통해서 입속에 가시가 돋지는 않았을 터, 앞으로 대학에 가서도 사회에 나가서도, 행복했던 독서 경험을 간직한 채 책을 항상 가까이하기를 당부하고 싶다. (2019. 12.)

고등학교는 대입과 수능의 시녀인가?

무주고등학교 교감 이영주

고등학교 3학년의 9월은 수시와의 전쟁이다. 원서접수를 위한 며칠이 지났고 이제는 자기소개서 시즌이다. 몇 명은 학생부를 뒤적일 것이며, 몇 명은 자소서 첨삭을 위해 바쁠 것이고, 또 몇 명은 수능 준비나 면접 준비, 그리고 나머지 몇 명은 시간 보내기(?)에 매진할 것이다. 그러면 전체 100명 중 90명 이상이 수시모집으로 진학하는 고등학교 3학년의 교실은 어떨까? 그리고 번듯하게 짜놓은 3학년 2학기 수업은?

 누구나 다 알고 있다. 3학년 2학기의 수업이 정상적으로 이루어지지 않고 있다는 사실을. 고등학교가 정상적이지 않다는 것을. 학생뿐 아니라, 학부모도 알고 있다. 이미 고등학교 3학년을 겪은 대학생을 포함한 수백만의 고등학교 졸업생도 알고 있으며, 하물며 중학생, 초등학생들도 알고 있다. 이미 전 국민이 알고 있다. 이런 사실을 교육부 관계자만 모른다. 그토록 잘 짜인 고등학교의 3년의 교육과정이 대입이라는 틀 안에서 헛된 노력일 뿐이라는 사실을.

 그러면 왜 우리의 학교 교육은 수능과 대입이라는 틀에서 벗어나지 못하는가. 고등학교는 대입과 수능의 시녀인가.

 2015 개정 교육과정은 인문 사회 과학기술에 대한 기초 소양 교육을 강화한다고 말하고 있다. 하지만 기초 소양 교육이라는 것은 자세히 보면 국어, 영어, 수학, 사회, 과학의 비중을 높이는 것일 뿐이다. 방과후학교 특기·적성 활동으로 음악이나 미술, 체육 등을 부족함을 채울 기회를 줄 수 있겠으나, 모두 알다시피 고등학교에서는 실력향상, 수능 대비라는 명목 아래 국, 영, 수 보충수업이 대부분을 차지하고 있다. 진정한 기초 소양 교육을 강화를 위해서 오히려 고등학교 3년 동안 모든 교과를 균등하게 접하게 하면서 교과별 독서교육과 체험학습, 학교에서의 다양한 체험활동을 강화하는 것이 맞다. 고등학교 교육과정에서 대입과 수능은 별개로 취급해야 하며, 그래야 학교가 학교답게 바뀔 수 있다.

 또한, 개정 교육과정이 학생의 '꿈과 끼'를 키울 수 있는 학생 중심의 선택형 교육과정을 제시한다고 한다. 맞는 말이다. 하지만 과목 선택이 본격적으로 이루어지는 고등학교 1학년 2학기에 자신의 진로를 어느 정도 결정해 놓아야 한다는 것이 필수 조건이다. 이 점이 어렵다. 또한 '꿈과 끼'를 위한 선택보다는, 내신 성적에서 쉽게 등급을 받고, 선택한 과목을 가지고 수능을 볼 것인가 말 것인가를 더욱 고민하게 만드는 것이 학교 현실이다. 오히려 고등학교 3년을 공통 교육과정으로 축소하고, 학생의 '꿈과 끼'를 위해서 필요한 것을 학교 안과 밖에서 자유롭게 접할 수 있는 교육 패러다임의 변화가 필요하다. 학생들의 교육을 교육부가 모두 맡고 책임지겠다는 사고로는 시대의 변화를 따라갈 수 없다. 교육부는 '꿈과 끼'를 내세우고 있지만, 대학 입학과 수능의 틀 안에서 우리 아이들을 옭아맬 뿐이다.

'학습량을 적정화한다'라는 2015 개정 교육과정의 네 번째 기본 방향은 모두가 웃을 일이다. 제대로 가르치고 배웠다고 해도 학생 모두가 학교 시험에서 1등급이 되면 절대 안 되며, 수능은 더더욱 그렇다. 어려운 문항, 힘든 문제가 어디든 두고서 줄세우기를 강요하고 있다. 수학 교사도 포기하라는 29번과 30번 문항이 있는 수학 영역, 현지 원어민 교사도 이해 못 하고 정답을 찾지 못하는 문항이 있는 외국어 영역, 그리고 한 문제로 까딱 잘못하면 등급이 뚝 떨어지는 탐구 영역. 그런 수능을 위해 학습량을 적절히 하라고 한다. 그래서 수능은 없어져야 한다. 수능이 없어지고, 학교 평가체제가 바뀌어야 학습량을 적정화할 수 있고 부진아 지도도 제대로 할 수 있으며, 교실에서 자는 학생들도 줄어들고, 학교는 더욱 활기찬 장소가 될 것이다.

요즈음 코로나 19를 비롯한 많은 이슈가 미디어를 통해 봇물 터지듯 쏟아지고 있다. 부의 격차나 편중이라는 시각에서 살펴보면 오히려 공부 잘하고 더 배운 자들이, 좋은 위치와 높은 위치에 있는 사람들이, 천박한 자본주의로 무장한 채로 더 소유하고, 더 누리기 위해 낯 뜨거운 짓을 서슴지 않고 있다. 오로지 자신만을 위해서다. 상대의 아픔과 고통은 헤아리지 못한다. 누가 이처럼 만들어 가고 있는가. 교육부는 지금 책상에서 미래를 위해 고민하지 말고, 현재 학교가 어떻게 어떤 모습을 가졌는지 살펴봐야 할 것이다. 그들이 곧 30대, 40대가 되며, 그들이 곧 사회를 지배할 것이다. (2020.09.)

우리는 산골교사로 살기로했다

우리는
산꽃교사로
살기로했다

단언컨대, 수능을 없애야 한다

무주고등학교 교감 이영주

지난 12월 3일 대학수학능력시험이 전국 86개 시험지구 1,352개 시험장에서 실시되었다. 언젠가 우리나라 수능에 대한 여러 이야기가 외국에서 화젯거리로 방송되었다는 이야기를 들은 적이 있다. 예전 금요일 저녁에 인기가 있었던 'VJ 특공대'-우리의 생활과는 색다른 모습의 소재가 방송되었을 때 '아이고, 왜 저런다냐?'하고 웃음 반 재미 반으로 보았던-같은 외국 프로그램의 소재가 아닐까 싶다. 온 나라가 시험 하나를 치르기 위해 비행기의 이착륙은 물론이거니와, 학교 울타리 너머 가정집의 강아지마저 제대로 짖지 못하게 만드는 시험. 뿐만이랴, 전 국민의 출근이 늦춰지고 시험지의 보안을 위한 특별 호송과 경찰관, 소방관, 전력 담당관 등이 시험장 학교에 파견되고, 올해의 경우 코로나 19 환자 학생이 시험을 치르는 병원 시험장과 발열 증상이 있는 수험생의 별도 시험실 풍경은 외국인들에게 줄기찬 방송 소재일 것이다.

  전 국민이 숨죽이고 전 교사가 긴장하며, 전 수험생이 초집중한 채로 치러야 하는 수능, 이런 수능은 정말 그래야 되는 시험일까? 열심히 공부한 자가 당연히 최고의 성적을 얻어야 하고, 그 노력의 결과로 원하는 대학과 원하는 학과에 진학할 수 있는 공정하고 객관적인 시험일까? 누구에게나 똑같은 배움의 기회를 제공한 만큼, 난해한 문항을 들이밀면서 1등급부터 9등급까지 나누는 평가 시스템을 누구나 수긍할 수 있을까?

  단언컨대 수능을 없애야 한다. 단 한 번의 시험을 잘 치르고 얻는 높은 점수를 '유일한 능력'으로 여기는 그 자체가 모순이다. 우리는 이미 1980년대 초반 하워드 가드너 교수의 다중지능론을 누구나 다 인정하고 수긍해왔다. '공부'로 요약될 수 없는 다양한 지능이 존재하며, 이런 다양한 지능의 조합에 의해 수많은 재능의 발현이 이뤄진다고 모두 다 정신적으로 무장되어있다. 하지만 눈앞에 보이는 자녀의 성적표는 이런 정신적 무장을 해제시키고, 아직도 '공부만이 재능이요'라고 일장 연설을 하며, 행복해야 할 자녀들을 쥐어짜기와 협박으로 학교와 학원이라는 전쟁터로 내몰고 있다.

우리나라는 한국전쟁 이후 쥐어짜기 노동과 교육으로 지금껏 발전의 발전을 거듭해왔고 잘 버텨냈다. 앞으로 어느 분야든지 하기로 마음만 먹으면 잘할 수 있을 것이라는 저력도 느낀다. 이미 K-Pop, K-방역, K-웹툰은 말할 것도 없이 하물며 K-라면도 세계를 제패하고 있으며 한국 국적의 한국인임을 자랑스럽게 생각한다. 하지만 수능 몰빵으로 집중된 파행적인 교육 체제는 아직도 후진국이다. 수능과 대학 진학에 얽매여 행복하지 못한 학생들이 다반수이고, 대학 진학을 교육의 최종 목표로 여기는 기형적인 교육 체제에서 벗어나지 못하고 있다. 오히려 단 한 번의 시험으로 측정된 결과를 공정하다고 여기고 이를 '능력'이라 과신하는 의식은 오히려 불평등을 정당화하는 구실을 제공할 뿐이다. 이제는 미래를 위해서 우리 자녀들을 위해서 대한민국의 100년을 위해서 새로운 교육 패러다임을 만들 때가 됐다.

그러면 수능을 없애고 찾아야 할 대안은 무엇일까 하고 곰곰이 생각해본다. 그건 교육적인 문제 이상으로 취급되어야 한다. 교육부 장관의 머릿속에서도, 교육행정가의 탁상에서도, 전 교사의 토론을 통해서도 대안을 도출해 낼 수 없다는 생각이 든다. 이것은 국가적인 대(大)토론의 주제가 되어야 하며, 전 국민의 합의가 바탕이 되어야 한다고 생각한다.

대중문화평론가인 황진미 씨는 〈놀라운 토요일 - 도레미 마켓〉(이하 '놀토')을 평하면서 민주주의에 대해 다음과 같이 언급하였다.

"〈놀토〉가 즉물적인 욕망만 보여주는 것 같지만, 가만 보면 굉장한 순기능을 지닌다. 바로 민주주의의 장단점을 자연스럽게 보여주는 것이다. 프로그램은 조각난 각자의 정보들이 모여 우여곡절 끝에 정답에 근접해가는 과정을 보여준다. 즉 집단지성의 생성 과정을 시뮬레이션해 보이는 셈이다. 흔히 민주주의의 본질이 투표나 다수결에 있다고 믿는다. 그래서 그냥 다수결로 결정할 테니

우리는 산골교사로 살기로했다

각자 생각을 강요하지 말고 빨리 투표에 부치자고 하는 경우가 종종 있다. 하지만 민주주의의 본질은 표결에 있는 것이 아니라, 논의를 거쳐 중지를 모아가는 과정에 있다. 구성원들의 적극적이고 열려 있는 대화, 토론, 설득의 과정을 '분열' 혹은 '강요'로 치부하여 도외시하는 공동체는 민주적 논의를 진행할 역량이 부족한 것이다." (2020년 11월 6일 한겨레신문)

어떻게 해서든지 이제 수능 폐지라는 주제로 논의를 거쳐 중지를 모아가야 할 때이다. 적극적이고 열려 있는 대화, 토론, 설득의 과정이 힘들고 어렵고, 또한 많은 시간이 필요하겠지만, 이제는 남의 나라의 웃음거리가 되는 지옥 같은 수능을 엎어버릴 때가 되었다. 이제는 우리만의 자랑스러운 K-에듀(교육)를 준비하고 만들 때이다. (2020.12.)

한 번 곰곰이 생각해보자

무주고등학교 교감 이영주

두서없이 교육 현장에서 지켜보는 답답함을 이야기해 본다. 한번 곰곰이 생각해 보자.

첫째, 4대강에 22조 원을 투입할 수 있는 세계 경제 10대 강국이면서도, 교육을 통해서 배움의 끈을 계속 이어 나가고 싶은데 돈이 없어서 배우지를 못한다. 더욱이 본격적으로 전공 공부해야 할 시간에는 밤늦도록 편의점 알바를 해야 하고, 방학이면 용돈이라도 벌기 위해서 아등바등하면서, 졸업할 때쯤엔 취업 걱정도 걱정이거니와 대학 빚부터 청산해야 한다는데. 국립대의 무상교육과 사립대의 반값 등록금으로 맘껏 배울 수 있는 기회는 언제쯤이나 가능할까.

둘째, 자유 학기다, 전공 체험이다, 나이 열여섯부터 직업을 찾아 꿈을 정하여 학점을 차곡차곡 이수하라는데 그게 어디 그리 쉽나. 그렇게 열심히 노력해서 입학한 대학교를 졸업해도 대졸자의 절반(한국개발연구원KDI '전공 선택의 관점에서 본 대졸 노동시장 미스매치와 개선방향' 보고서: 2020년 9월)은 전공과 전혀 무관한 직업을 갖는다는데. 한번 결정하면 되돌릴 수 없고, 다시 배울 기회조차 막대한 비용이 들어 다시 기회를 얻는다는 것은 언감생심. 앞으로 평생직장은 없는데 미래사회를 위한 재교육에 국가는 얼마나 관심이 있는지.

셋째, '글로벌 시대다, IT가 대세다, 무조건 변화해야 한다'라고 하면서 매번 물가상승이네, 수출이 어떻고 고용이 어쩌네 하는 경제적 위기감은 항상 주변에 서성이고. 한여름의 3박 4일 휴가나, 맘 편히 책 한 권 읽을 수 있는 여유도 갖지 못하고, 나 자신의 삶을 되돌아보는 시간조차 갖지 못한 것은, 가지지 못한 채 열심히 살아만 온 나의 잘못이겠지. 선진국이라 하는 떠벌림에 묻혀 우리의 소중한 삶이 존재감 없이 나타났다 사라지게 되면 너무 아쉽지 않을까.

넷째, 공정함과 공평함을 외치면서 오로지 딱 한 번의 로또(수능)로 대학과 학과를 정하는 시스템으로 결판내자는 생각이 점차 대세인데. 다들 어려서부터 명문 유치원부터 시작해서 특목고나 자사고 보내고, 부족하면 과외 시키고 빵빵한 학원도 보낼 수 있는지, 아니면 학교에서 다 알아서 해주니까 오로지 공교육만 믿고 따르고 있는지. 어떤 길이 제대로 된 방향인지 학생도 헷갈리고 부모도 우왕좌왕. 학교라는 존재를 전적으로 믿어야 하나, 아니면 무시해야 하나, 학년이 올라갈수록 고민도 늘어가는데.

다섯째, 그저 책상에 앉아 공부만 하다 원하는 대학 가서, 입학금이다 수업료다, 기숙사비다, 내라는 돈은 아주 성실하게 내고, 젊은 청춘에 연애도 제대로 못 하고, 졸업하면 취업 걱정, 애인 있으면 결혼 걱정, 결혼하면 출산 걱정, 아이 낳으면 육아 걱정, 키우다 보면 내 집 걱정 등 끊임없이 걱정만 껴안을 듯. 세상을 바꾸려 하지 않는 아주 착한 젊은 세대들은 한평생 걱정만 해야 할 듯. 이제 젊은이를 위한 정책은 노쇠한 정치인들이 아니라 현장에 있는 젊은이들이 만들어야 하는 것은 아닐까.

베르톨트 브레히트(독일의 극작가 겸 연극연출가, 시인)는 '옳지만 낡은 것보다 나쁘더라도 새로운 것이 낫다'고 말하였다. 물론 변함없이 옳다고 믿는 것은 변함없이 지켜나가야 함이 맞다. 하지만 배움이 경제의 논리에 휘둘리는 모습과 다시 배움으로의 출발에 대한 사회 인식과 제도, 공정함과 공평함의 이해, 그리고 새로운 정책에 대한 새로운 세대의 생각 등은 옳고 그름이 없다. 혹 지나치게 나쁘더라도 새롭게 바꾸고 변화시켜야 한다. 이게 바로 진정한 혁신이다. (2022.08.)

우리는 산골교사로 살기로했다

우리는
산골교사로
살기로했다

학생부종합전형, 과연 금수저 전형인가?

전 무주고등학교 교사 | 현 무주중학교 교사 정용문

교사가 상급학교의 진학을 외면하면서 교육한다는 것이 우리 사회에서는 불가능에 가깝다. 따라서 고등학교의 교육 내용이나 방향을 결정하는 가장 중요한 요소는 대학생을 선발하는 대학입시제도다. 최근 조국 前 장관의 딸 문제로 또 한 번 대학입시제도가 도마 위에 올랐다. 고려대 생명과학대학 세계선도인재 전형의 자기소개서에 쓴 '단국대학교 의료원 의과학연구소에서의 인턴십 성과로 나의 이름이 논문에 오르게 되었다'라는 구절 때문이다.

보통의 고등학생이 병원에서 인턴십을 하긴 쉽지 않고 그 결과로 논문에 제1 저자로 기재되기도 쉽지는 않은 일이다. 그러기에 일반 학부모들의 분노도 상당했던 것 같다. 입학사정관제 실시 초기에 우리나라 교육 현실을 고려하지 못한 상황에서 발생한 일이다. 이러한 이유로 현재의 대입 수시 학생부종합전형에서는 교내활동 또는 학교장의 허가를 받은 교육 과정상의 교외활동만을 학교생활기록부나 자기소개서에 기재하도록 제한하고 있으며, 논문 관련 사실은 아예 기재를 금지하고 있다. 이미 오래된 과거의 일임에도 일부 보수 언론들과 강남의 기득권층들은 이를 빌미로 고등학교 교육이 나아가야 할 방향에는 아랑곳없이 대입에서 수시의 비중을 줄이고 정시의 비중을 늘리려 여론몰이하고 있다.

대입 수시선발 방식 중 하나인 학생부종합전형은 학생들이 동아리 활동, 봉사활동, 자율활동, 진로활동 등 다양한 활동을 하면서 그 과정과 결과를 학교생활기록부에 기재하고, 자기소개서에도 작성하여 대학에 서류로 제출하는 제도다. 이를 기반으로 대학은 기록의 진위여부나 수행과정에서 어떤 배움이 일어났는지를 확인하는 면접을 진행한다. 즉, 학생들이 제출한 서류와 그 서류를 기반으로 하는 면접을 통해 학생들을 선발하는 제도이다.

학생부종합전형은 제대로 활용하면 학생들에게 교과 공부만이 아닌, 전인적인 인간을 양성할 수 있는 좋은 제도임이 분명하다. 물론 성적을 살피지 않는 것은 아니다. 내신 성적이 제일 중요한 평가 요소임은 두말할 것도 없다. 교과 세부 특기사항을 기록하기 위해 강의식에서 학생활동 중심으로 수업방식이 바뀌고, 학교교육과정도 아이들에게 다양한 활동을 요구하는 방향으로 바뀌고 있다. 교직 생활 30년 만에 학교 교육이 바뀔 수도 있다는 작은 희망을 갖게 된 것도 이 전형 덕분이다. 물론 부작용이나 문제점이 없다고는 할 수 없다. 그런 부작용과 문제점을 다듬어서 최소화해 나간다면 현재까지의 대입 선발제도 중에서 최상의 제도가 될 것이라고 확신한다.

그런데도 지속적으로 수시 학생부종합전형을 헐뜯고 비난하는 사람들이 있다. 그들이 주장하는 근거는 단 하나다. 공정치 못한 금수저 전형이라는 것이다. 과연 학생부종합전형이 일부 언론에서 문제 제기하듯이 공정치 못한 금수저 전형인지 통계를 통해 살펴보자. 최근 3년간(2016~2018학년도) 서울대, 연세대, 고려대, 경희대, 중앙대, 한국외대 등 6개 대학 신입생들을 대상으로 국가장학금 1유형의 수혜율을 분석해본 결과, 수능 위주 전형인 정시가 27.02%로 학생부종합전형의 36.24%에 비해 9%포인트가량 낮았다. 가구소득 9, 10분위(소득환산액 월 923만 원 초과)를 제외하고 누구나 신청할 수 있는 소득 연계형 장학금이라는 점을 고려하면 정시 입학생에서 고소득층 비율이 더 높다. 정시가 더 금수저 전형임을 보여주는 근거다.

그런데도 마치 학생부종합전형이 고소득층의 전유물인 것처럼 호도해서 '수시 폐지법'까지 발의하여 정시전형 100% 선발로 몰아가려고 하는 일부 세력의 의도는 분명해 보인다. 정시전형의 비중을 높여야 그들에게 유리하기 때문이다. 다음의 통계가 이를 입증해준다. 2019 대입에서 서울 강남구 고등학교 3학년의 대학 진학률은 46.8%로, 전국 평균인 76.5%보다 30% 가까이 낮았다. 강남지역 자사고인 휘문고의 대학 진학률은 36.1%, 중동고는 38.1%로 이보다 더 낮았다. 이러한 수치는 무엇을 의미하는가. 상당수의 강남지역 학생들은 재수를 택하고, 기숙학원 등에서 수능시험을 준비하여 정시로 진학하고 있다는 얘기가 된다. 따라서 수능성적 위주로 선발하는 정시의 비중을 늘리려야 만 이익을 보는 그들이 지속적으로 수시가 불공정하다고 뇌까리며 여론을 호도하고 있는 것이다.

이렇듯 정시를 늘리려는 세력들이 분명 존재한다. 강남 특권층, 수능으로 먹고사는 사교육업자들, 자사고 및 특목고 학부모들이 그들이다. 그들은 내신 비리나 각종 입시 부조리가 발생하면 게거품을 물고 달려든다. 강남 아이들의 실력이 훨씬 나은데 시골 아이들과 똑같이 학교 내신으로만 선발하는 수시는 불공평하다고. 그래서 수능성적으로 선발하는 정시가 제일 공정한 선발 방식이라고. 심지어 수시 학생부 종합전형이 금수저 전형이라고 왜곡까지 하면서. 그들은 고등학교 교육이 나아가야 할 방향이나 목표에는 관심도 없다. 오직 자신들에게 유리한 대입 게임 룰을 만드는 데에만 혈안이 되어 있다.

무주지역 고등학교와 같은 시골 학교가 되살아나서 전 국토가 지역 균형발전을 이루고, 고등학교 교육이 올바로 나아가기 위해서는 어떤 대입제도가 필요한지 무주군민 모두가 지혜를 모아야 할 때다. (2019.10.)

경쟁교육, 언제쯤 멈출 수 있을까?

전 무주고등학교 교사 | 현 무주중학교 교사 정용문

최근 충격을 받은 사건 하나가 있다. 모 장학재단의 장학생 멘티인 한 아이가 학교를 그만두겠다고 선언했기 때문이다. 학교를 그만두겠다는 사실에 충격을 받은 것은 아니다. 올해 들어 벌써 세 명이나 학교를 그만두었으니, 네 번째 그만두는 아이가 생긴들 얼마나 놀라겠는가. 충격을 받은 것은 그 아이가 학교를 그만두겠다는 이유 때문이다.

　들어보니, 대입을 위한 경쟁 중심의 학교 교육에 더 이상 자신을 맡기고 싶지 않다는 것이다. 지적 호기심이 강하지만, 남들과 경쟁하며 성적 관리하는 것을 무척 싫어했던 성향의 아이다. 한데, 올해 들어 맘먹고 처음으로 경쟁의 대열에 뛰어든 것이다. 목표 대학을 정하고 나름 열심히 공부해서 성적이 일취월장했다. 교사들도, 친구들도 모두가 놀랄만한 성과를 이뤘다. 대개 이런 경우 아이는 성취감을 만끽하며 더욱 더 도전 의식을 불태우는 것이 일반적이지만, 이 아이는 남들을 짓밟고 올라선 것에 대한 죄책감과 그런 과정이 본인의 성장에 어떤 도움이 되었는지 회의감마저 들었다고 고백했다.

　이 아이가 학교를 그만둘지를 최종적으로 결정하기 전에 선택한 행동도 놀랍다. 토요일에 혈혈단신 서울로 올라갔단다. 서울대 도서관에 들러 서울대의 분위기를 보려 함이었다고 한다. 코로나 19로 서울대 도서관 출입이 불가능했지만 오가는 서울대 학생들을 유심히 살펴보면서 그들의 머릿속에 가득한 취업 경쟁의 고민을 읽을 수 있었다고 한다. 취업이 되고 나면 또다시 승진 경쟁에 내몰려야만 하는 현실도 깨달았단다. 앞으로 끝도 없이 펼쳐질 경쟁의 대열에 본인의 인생을 통째로 맡겨야 할지에 대한 깊은 회의가 일었다고 한다. 이 아이는 그 자리에서 '인생'과 '행복'이라는 두 단어를 떠올리며 최종적으로 학교를 그만두기로 결심했단다.

　"선생님, 대학은 꼭 가야 하나요?"

　대뜸 물었던 말이다.

　"고등학교에서의 모든 과정은 대입을 위해서만 굴러가요. 교사들의 수업도, 친구들의 행동 하나하나도 다 대입과 관련돼 있어요."

이 말을 듣는 순간 숨이 멎었다. 맞아! 수업 시간에 대입과 관련된 활동만을 줄곧 시켜온 사람이 나였으니…. 폐부가 아파왔다.

숨이 막히고 답답하다. 그 아이의 말에 틀림이 없다는 점에서 특히 그렇다. 딱히 해결책도 없다. 교직에서 줄곧 해왔던 고민이 그 아이를 통해서 다시 한 번 드러난 셈이다. 잠시도 벗어날 수 없는, 무한경쟁의 소용돌이에 내몰린 아이들. 딱히 힘들다고 속내를 드러내진 않지만 속으로 곪아 터지는 아이들. "그래도 힘든 것을 이렇게 말해줘서 고맙구나!"라고 상담을 마무리했다. 오늘도 경기도에서 어떤 학생이 스스로 목숨을 끊었다는 뉴스가 들려온다. 가슴이 아프고 답답하다. 인생에 대한 근원적 고민과 지적 호기심이 가득한 그 아이에게 학교를 그만두게 한 책임은 누구에게 있을까?

세상 물정 모르는 '철없는 생각'이 문제라고 치부하는 사람들이 많다. 지금의 무한경쟁과 승자독식을 어쩔 수 없는 현상이라고 생각하는 사람들은. 그리고 자신의 능력을 발휘해 무한경쟁에서 당당히 승자가 된 사람들은. 국회의원도 시험을 봐야 한다고 강변하고, 대변인도 배틀로 뽑는 현실에 열광하는 그런 사람들은.

경쟁을 통해서 재능을 키울 수 있을지는 모르지만, 덕을 가진 인간으로 만들 수는 없는 법이다. 갑자기 사마광의 자치통감 한 구절이 생각난다.

"재능과 덕을 모두 겸비하면 성인이라 일컫고(才德兼全謂之聖人), 재능과 덕이 모두 다 없으면 우인이라 일컫는다(才德兼亡謂之愚人). 덕이 재능을 능가하면 군자라 일컫고(德勝才謂之君子), 재능이 덕을 능가하면 소인이라 일컫는다(才勝德謂之小人)"

재능도 없고 덕도 없는 우매한 사람은 남을 해치지는 못한다. 덕에 비해 재능이 넘치는 소인배가 남을 해치고 나라를 망치는 법이다. 언제까지 교육 현장에서 소인배만을 키울 것인가. 경쟁보다 함께 더불어 살아가는 가치는 언제쯤 가르칠 수 있을까. 학교를 떠나겠다는 아이들의 아우성을 언제쯤 멈추게 할 수 있을까. 이 모두가 어른들에게 남겨진 몫이다. (2021.08.)

우리는
산골교사로
살기로했다

'로또' 수능, 이제 바꿔야 한다

전 무주고등학교 교사 | 현 무주중학교 교사 정용문

수능은 로또다. 5시간 40분 동안에 푸는 180문제로 대학이 결정된다. 그날의 컨디션도 중요하지만, 자신이 잘하는 과목이 어렵게 나와야 유리하다. 모집단 평균이 낮아야 표준점수가 높아지기 때문이다. 순전히 운(運)이다. 똑같은 만점을 맞고도 과목에 따라 표준점수에 차이가 생겨 당락이 좌우되는 경우가 생긴다. 그래서 수험생 부모들의 백일 기도발이 필요할지도 모른다.

수험생들도 실력을 쌓는 일 못지않게 치열한 눈치 전쟁을 치른다. 수능 원서를 작성할 때, 어떤 과목을 선택해야 자신에게 유리할지를 고민한다. 자신이 잘하는 과목만을 고집하다가 자칫 공부의 고수들과 한데 얽혀, 높은 원점수를 맞고도 형편없는 등급을 얻는 경우가 있기 때문이다. 그 대표적인 눈치 전쟁이 탐구 과목에서 펼쳐진다. 탐구 과목은 사회탐구 9과목, 과학탐구 8과목이다. 사탐의 '세계사'나 '경제' 과목, 과탐의 '화학II'나 '물리II' 과목은 그야말로 고수들만 응시한다. 가끔 수능 정보에 무지한 학생들이 용감하게(?) 응시했다가 장렬하게 전사하는 과목이다. 작년 수능에서 '세계사'나 '물리II'과목을 선택한 학생은 단 한 문제만 틀려도 3등급으로 추락했으니, 결코 틀린 말이 아니다.

그래서 고3 학생들은 집단심리를 발동시킨다. 특정 과목을 설정한 후, 그 과목에 떼거리로 몰려든다. 사탐에서는 '생활과 윤리'와 '사회문화' 과목, 과탐에서는 '생명과학I'과 '지구과학I' 과목이, 그런 과목이다. 이렇게 수능 응시생들이 떼로 몰려드는 과목들은 앞서 언급한 과목들에 비해 대개 응시자 수가 50배나 많다. 이런 과목을 선택해야 등급 따기가 수월하다. 자신이 잘하거나 좋아하는 과목만을 선택할 수 없는, 수능에서의 비극이다.

수능에서 집단심리 작동의 절정을 보여주는 과목이 제2외국어다. 작년 제2외국어 응시자는 54,851명, 그중 아랍어 응시자는 38,157명이다. 아랍어를 배우는 학교는 울산외고, 일산 저동고, 광주 광덕고 등 세 곳에 불과하지만, 전체 응시자의 70%가 아랍어를 선택했다. 심지어 특목고인 외고 학생들마저 30% 정도는 자신의 전공이 아닌 아랍어를 선택한다.

2015 수능까지는 베트남어 응시자가 제일 많았는데, 베트남 결혼이주여성이 늘어나면서 수험생 모두가 '공평하게 모르는' 아랍어로의 전환이 순식간에 이뤄졌다. 지금껏 무주고 학생들도 실제 배우던 일본어나 한문을 선택하기보다는 대다수가 아랍어를 선택했다. 어떤 심리가 작동하는 것일까. 혹시 결과를 전적으로 운에 맡기는 것이 오히려 공정할지도 모른다는 로또 심리 때문은 아닐까. 수능은 이미 로또장(場)이 된 지 오래다. 다행히 올해부터는 제2외국어 과목이 '원점수에 따라 등급이 결정되는' 절대평가로 바뀐다. 만시지탄이지만 다행이다.

올해부터 바뀌는 수능 수학 과목이 벌써 많은 문제를 야기하고 있다. 작년까지 문과와 이과로 나눠 각각 평가가 이뤄지던 수학이 통합되면서 나타난 문제다. 바뀐 수능 수학은 공통 문항이 75%, 선택 문항이 25%다. 문과생은 주로 '확률과 통계'를, 이과생은 '미분과 적분'이나 '기하'를 선택한다. 문제는 선택과목별 평가가 아닌, 통합평가가 이뤄지기 때문에 상위등급은 거의 이과생이 독차지한다는 사실이다. 그러다 보니 문과생 상당수가 수학을 포기하는, '수포자'로 전락하는 중이다. 어떤 정책이나 제도보다도 수능시험의 영향력이 강력하다는 사실을 또 한 번 입증한 셈이다.

대입이 바뀌지 않으면 교육은 바뀌지 않는다. 이제 상대평가 방식의 '로또' 수능은 사라져야 한다. 영어, 한국사, 제2외국어가 이미 절대평가로 바뀌었고, 오로지 대학에는 등급만 제공된다. 나머지 국어, 수학, 탐구 과목만 바뀌면 된다. 그러면 수능시험은 자연스레 자격고사화될 것이다. 수능 영향력이 줄어야 고교 교육이 정상화되고 고교학점제도 성공한다. 최소한 교육 현장에서만큼은, 남들과 비교 평가되는 상대평가는 없어져야 한다. 자신의 성취 수준으로 평가받는 절대평가만이 무한경쟁에서 벗어나 '즐거운 학교'를 만들 수 있기 때문이다. (2021.10.)

우리는 산골교사로 살기로 했다

우리는
산꽃교사로
살기로했다

교육, 방향과 목표가 중요하다

전 무주고등학교 교사 | 현 무주중학교 교사 정용문

학교 담장을 허문 지 오래됐지만, 여전히 중·고등학교 아이들은 학교 울타리에 갇혀 지낸다. 교육 활동도 학교 울타리를 넘어서는 경우가 드물다. 마을의 교사들이 학교 안으로 들어가기도, 또 아이들이 학교 밖으로 나오기도 쉽지 않다. 한때 봉사 활동하겠다고, 또 자율 동아리 활동하겠다고 마을의 이곳저곳에 북적이던 아이들의 모습도 이제는 자취를 감췄다. 지자체가 교육예산을 증액하고 교육 관련 지원을 늘려가고 있는데, 학교의 울타리는 높아만 가는 느낌이다.

이렇게 된 계기는 딱 하나다. 학교 밖에서 이뤄진 활동을 학교생활기록부에 기재하지 못하게 막으면서다. 당연히 학교 밖 교육 활동이 이제 대입에는 반영되지 않는다. 자연스레 학교에서의 비교과 활동인 창의적 체험활동도 줄어드는 추세다. 다시 옛날처럼 아이들은 교과 공부에만 목매고 있다. 시대가 바뀌어 지식을 주입받기보다는 살아가는 데 필요한 역량을 길러야 하는데, 아이들은 다시 교과서에 묶이고 학교 담장에 갇히고 만 것이다. 학교 교육이 뒷걸음질 치고 있는 셈이다.

지식만을 전수하는 고전적 의미의 학교는 더 이상 필요 없다. 휴대폰만 열어도 지식과 정보가 차고 넘치기 때문이다. 중요한 것은 이러한 지식과 정보를 활용해 문제를 해결할 수 있는 '역량'을 키워주는 것이다. 교육부도 자기관리 역량, 지식정보처리 역량, 창의적 사고 역량, 심미적 감성 역량, 의사소통 역량, 공동체 역량 등 6가지를 길러야 할 핵심역량으로 제시하고 있다. 이런 역량들은 교과서를 통해서가 아니라 다양한 문제 상황과 만나면서 길러진다. 마을이 아이들에게 교과서이면서 활동공간이어야 하는 이유다. 또 한두 자녀만을 두는 요즘, 아이들이 가정 안에서 공동체 역량을 키워가는 데는 한계가 있다. 또래들과 함께 협력하여 과제를 해결하고, 그 과정에서 발생하는 갈등도 풀어가게 해야 역량이 키워진다. 모두가 마을과 학교가 협력해야 풀릴 수 있는 문제다.

그런데 이런 역량 중심의 교육 활동이 몇 해 전에 비해 거의 이뤄지지 않고 있다.

교육과정은 역량 중심으로 바뀌어 가고 있지만, 입시가 과거로 되돌아갔기 때문이다. 입시가 우리 교육을 지배한다는 사실이 다시 한 번 확인된 셈이다. 교육이 입시의 틀을 벗어날 수 없을 때는 해법도 입시에서 찾아야 한다. 입시 자체를 무력화할 방법이 없으니, 오히려 입시제도를 교육개혁의 수단으로 활용해야 한다는 얘기다. 그런 점에서 초창기 입학사정관 전형에서처럼 다시 학교 밖의 교육 활동도 학교생활기록부에 기재하고 대입 평가에도 반영해야 한다. 아이들이 학교 밖으로 우르르 몰려나왔던 그 동인을 찾아보고, 그 과정에서 길러진 역량에 대해 제대로 평가해보는 것이 필요한 시점이다.

사실, 잘 나가던 학교 밖에서의 교육 활동이 한순간에 멈춰선 이유는 공정성 시비 때문이었다. 수치로 계량화되지 않은 평가 결과는 '불공정'하다는 믿음도 큰 영향을 끼쳤다. 교육을 어찌 양으로만 평가할 수 있겠는가. 더 나아가 공정함도 중요하지만, 본질적으로 교육이 나아가야 할 방향이나 목표보다 더 중요하다고 말할 수 있겠는가. 지금 우리 교육은 공정만을 강조하다가 목표와 방향을 잃고 말았다. 입시도 교육의 목표를 달성하는 수단에 불과할 진데, 그 수단이 목표마저 제압해버린 셈이다. 입시의 공정성만을 강조하여 역량을 키울 수 있는 다양한 활동 중심의 교육과정을 폐기한 것은 마치 '빈대를 잡자고 초가삼간을 태우는' 꼴과 다를 바 없다. 근시안적으로만 교육을 바라보는 태도가 그저 안타까울 뿐이다. (2022.10.)

우리는
산골교사로
살기도했다

야학으로 본 우리 교육

전 무주고등학교 교사 | 현 무주중학교 교사 정용문

시국이 수상하다. 모든 게 뒷걸음질 치는 느낌이다. 그래서 더 생각나는 때가 있다. 대학 다니면서 야학 교사를 했던 때다. 검정고시 야학이 아니고, 이름하여 '생활 야학'이다. 70년 말에 시작된 노동야학의 한계를 반성하면서 새롭게 시작한 야학이다. 그때의 경험이 지금까지 내 교직 생활에 자양분이 되고 있다. 그 힘으로 지금까지 평교사의 길을 묵묵히 걸어왔는지도 모른다.

해마다 3월 초에는 광주 망월동에 간다. 엊그제도 망월동 민주열사 묘역을 다녀왔다. 야학을 함께했던 동료가 그곳에 잠들어 있기 때문이다. 올해는 여느 때보다 날은 포근했지만, 마음은 더 무겁고 착잡했다. 한때 정치는 망가져도 교육에 희망을 걸었던 시대가 있었는데, 지금은 교육까지도 다 망가지며 역주행하는 느낌이다. 얼마 안 남은 교직 생활과 해맑은 아이들을 바라보는 즐거움을 그나마 위안으로 삼는다.

당시 야학에서는 교사를 강학(講學)이라 했고, 학생을 학강(學講)이라 했다. 대학생들은 가르치면서 배움을 얻었기에, 노동자들은 배우면서도 가르침을 주었기에, 그렇게 불렀다. 하지만 일상에서는 형, 동생 하며 형제간처럼 살았고, 서로 많은 것을 배우며 가르쳤다. 교육은 함께 살아가는 삶 속에서 이루어진다. 교감하고 소통하면서 가르침도, 배움도, 모두 일어난다.

서로의 삶으로부터 배움의 실마리를 찾아보자는 의미에서 생활야학이라 불렀다. 검정고시를 통해 학벌이 높아지면 계층상승이 가능할 것이라는 허황된 꿈은 애초에 접기로 했다. 그래서 개설한 과목이 국어, 철학, 역사, 한문, 풍물, 노동법이다. 그때 나는 많은 것을 배웠다. 월급날은 기다려지는 날일 거라고 막연하게 생각했는데, 학강들이 쓴 글을 보고 깜짝 놀랐다. 나가야 할 돈이 들어오는 돈보다 많은 자에게는 월급날은 고통스러운 날이란 것을 그때 처음으로 알았다. 그들과 함께 살아보지 않았다면 결코 깨우칠 수 없는 것들이다.

그때의 경험이 '아이들에게도 배울 것이 있다'라는 신조를 내 교직 생활에 자리

잡게 했다. 아이들과 함께 토론하고 합의해가는 과정에서 가르치기도 했지만 많은 것들을 배웠다. 아이들을 주인으로 대하는 자세가 중요하다는 것도 차츰 깨우쳤다. 그래야만 진짜 소통이 가능하고 배움도 일어나기 때문이다. 무엇보다 공동체를 이끄는 리더가 구성원 모두를 주인으로 받아들이는 자세가 필요하다. 그래야 구성원들이 자주성을 발휘한다. 그런 조직문화가 만들어져야 공동체가 발전한다.

시대에 따라 교육의 목표나 방향은 바뀐다. 삶이 바뀌기 때문이다. 지금은 학력이 아닌, 역량이 필요한 시대다. 철 지난 '학력' 운운해서는 아이들의 역량을 키우지 못한다. 기초학력을 갖추게 하는 것은 물론 중요하다. 이를 갖추지 않으면 삶의 역량을 키워가는 데 장애가 되기 때문이다. 하지만, 인지 능력만을 뜻하는 주입식의 '학력'만을 부르짖는 것은 어리석은 짓이다. 이미 철 지난 초기 산업사회에나 환영받을 만한 주장이다.

지식의 습득이 아닌, 지식을 활용하여 문제를 해결하는 실천적 능력 즉, 역량을 요구하는 시대가 됐다. 스마트폰만 열어도 지식은 이미 널려있기 때문이다. 인지적 측면의 지식만이 아니라 창의적으로 생각하는 능력, 동료들과 협업하는 능력 등 기능적, 정의적 측면의 능력이 필요한 시대가 되었다는 얘기다. 그런 능력은 학교 안에서 교과서로만 길러지는 것이 결코 아니다. 삶 속에서 문제를 찾아 그 문제를 해결하는 과정에서 자연스럽게 길러진다. 오래전 생활야학에서 해왔던 교육이 다시 간절해지는 이유다. (2023.03.)

우리는 산골교사로 살기로했다

우리는
산골교사로
살기로했다

미소

기분이 좋아집니다 꽃이 피었습니다
지금 웃고 있는 당신의 얼굴입니다

꽃피는 봄날 [인]

진자도승자

이긴자만 승자인 세상
얼마나 삭막한가요
최선을 다한 당신도 승자 입니다
당신을 응원합니다

참
예쁘다

말하는 당신
참 예쁩니다